Louis Nötel

Der flammende Stern

Dramatisches Gedicht in 5 Akten

Louis Nötel

Der flammende Stern
Dramatisches Gedicht in 5 Akten

ISBN/EAN: 9783743676978

Hergestellt in Europa, USA, Kanada, Australien, Japan

Cover: Foto ©Andreas Hilbeck / pixelio.de

Weitere Bücher finden Sie auf **www.hansebooks.com**

Der

flammende Stern.

Dramatisches Gedicht in 5 Akten

von

Louis Nötel.

Alle Rechte vorbehalten.

Den Bühnen gegenüber Manuscript.

Zweite Auflage.

Wien, 1879.

Verlag der Wallishausser'schen Buchhandlung

(Josef Klemm).

Meinem hochverehrten Freunde,

dem dramatischen Künstler

Ludwig Barnay

zugeeignet.

Vorwort.

Nur mit sehr bescheidenen Hoffnungen
auf irgend welchen Erfolg, trat ich zu Anfang
dieses Jahres mit dem Buche „Ernst und
Humor in Poesie und Prosa" vor
die Oeffentlichkeit. Meine anspruchslose Gabe
wurde indessen so außerordentlich freundlich
entgegengenommen, daß meine Erwartungen
bei weitem übertroffen waren. Unter den
ersten Eindrücken dieses günstigen Erfolgs
entstand das vorliegende dramatische Gedicht.
— Da ich nun fest glaube — oder viel=
leicht besser gesagt: in dem frommen Wahne
lebe — mein „flammender Stern"
werde sich auch als Lektüre in weiteren Krei=
sen Freunde erwerben, so gehe ich von dem
gewohnheitsmäßigen Wege des Antichambri=
rens in Theaterkanzleien ab und sende ihn
zunächst als Lesedrama in die Welt. Möge
das Buch mit gleich nachsichtigem Wohlwol=

len aufgenommen werden, wie mein oben=
erwähnter erster poetischer Versuch! Sollte
sich dann eine oder die andere deutsche
Bühne, trotz der in unserer Zeit herrschen=
den Abneigung gegen Stücke ernsterer Gat=
tung, besonders gegen diejenigen d e u t s c h e r
Autoren, dennoch entschließen mein drama=
tisches Erstlingswerk zur Darstellung zu
bringen, so bitte ich die geehrten Bühnen=
vorstände, sich bezüglich Erwerbung des
Aufführungsrechtes direkt mit mir in's
Einvernehmen setzen zu wollen.

Wien, 16. April 1879.

Louis Nötel,
Mitglied des k. k. Hofburgtheaters.

Der flammende Stern.

Perſonen.

Henrique, genannt der Seefahrer, Infant von Portugal.
Donña Juana, seine natürliche Tochter.
Nuna Triſtao, Arzt.
Der Prior von San Crato.
Antao Gonçalvez. }
Pedro Pirez. } Schiffshauptleute.
Alvao Hernandez, Meiſter des freien Brüderbundes.
Bartolemeu, ehemals Steuermann } Portugieſen und Mit-
Duarte, ehemals Matroſe } glieder des Brüder-
Joam, *) } bundes.
Loango, } Eingeborne und Mitglieder des Brüderbundes.
Telasko, }
Eine Strandwache.
Cavaliere. Edeldamen. Pagen. Matroſen. Weiße und farbige
Bundes-Angehörige.

Zeit: Um die Mitte des fünfzehnten Jahrhunderts.

Ort der Handlung: Algarvien und die Inſeln des grünen Vorgebirgs.

Zwiſchen dem 1. und 2. Akte ſowohl wie zwiſchen dem
1. und 5. liegt ein Zeitraum von einigen Monaten.

*) Damen-Rolle.

––––––––––

Erster Akt.

Säulenhalle in der Villa do Infante, einem Luftschlosse bei Sagres in Algarve; hinter den Säulen im Fond eine Terrasse mit der Aussicht auf das Meer.

I. Scene.

Nuna Tristao und Pedro Pirez.

Tristao.

Mein lieber Pedro, seid mir hoch willkommen
Und Dank der Gottheit, die Euch uns erhielt! —
Doch nun von weiten Reisen rückgekehret,
Die uns'rem Vaterlande Ruhm und Ehre,
Unsterblichkeit den kühnen Forschern brachte —
Jetzt werdet in der alten Heimat Ihr
Nebst den Gefährten, wohlverdienter Ruhe
In uns'ren Bergen, bei den Freunden pflegen.

Pirez.

Mit nichten, Herr Tristao! nicht zu ruhen
Lief uns're Mannschaft heut' in Lagos ein;
Nur Rechnung abzulegen dem Infanten
Und uns'res Schiffes Ladung hier zu bergen,
Dies selbst mit einem bessern zu vertauschen
Und abermals zu stechen in die See —
Sind vom Cap Verde wir zurückgekehrt.

Denn haben wir wohl vieles auch errungen
Und unf'rem Portugal ein Land erworben,
So reich, wie keines auf der Erde ist —
Wo eitles Gold mit Sand und Staub sich mischt,
So bleibt doch etwas Größ'res zu erfüllen
Uns über, die wir Beff'res noch gefunden
Als das ist, was wir heute überbringen.
Wohl wird Henrique, den Infant beglücken,
Was ihm Gonçalvez jetzt vom Gambia bringt,
Doch mehr noch wird des Prinzen Ohr entzücken
Die Botschaft, die im Herzen wiederklingt.

Tristao.

Versteh' ich recht? Nicht daß Ihr selbst gekommen,
Was mehr als Alles seinen Sinn erfreut?
Nicht daß Ihr unf're Flagge aufgepflanzet
Am Gambia — dort im Land der Azenegi? —
Nicht daß Ihr Tonnen Goldes dem Infanten
Als ein Geschent von ihren Fürsten bringt, —
Ihr hättet beff're Post noch für sein Herz?
O, sagt doch an!

Pirez.

Nun, habt ihr denn vergessen,
Daß mit Gonçalvez — g'rade sind's sechs Jahre,
Als er zum erstenmal zum Gambia fuhr,
Ein zweites Schiff, befehligt von Hernandez,
Dem tapfern Ritter, Freund und Waffenbruder
Des edlen Prinzen — der beim Sturm auf Tanger

Ihm selbst den Ritterschlag ertheilt' — Lagos verließ
Um unentdeckte Länder aufzufinden,
Die südlich vom Cap Nao, noch in weiten,
Unendlich weiten Flächen aus sich dehnen,
So wie die Mauren hier im Land erzählten? —
Habt Ihr vergessen, daß alsdann Gonçalvez,
Damals alle'n zurückgekehrt hierher,
Und uns die Trauerkunde überbrachte,
Es sei Hernandez nicht am Leben mehr?
Ein wüthender Orkan hab' ihre Schiffe
Getrennt und als der Sturm sich dann gelegt,
So haben Mast und Raen sie gesehen,
Die schwimmend auf dem Meer umhergetrieben
Und die, als von Hernandez Fahrzeug stammend
Sie leider auf den ersten Blick erkannt? —
Hat man am Hofe des Infanten denn
Des edlen Jünglings gar nicht mehr gedacht?

Tristao.

O, glaubt das nicht. Hernandez' Angedenken
Hält heilig man in Dom Henrique's Haus,
Seit Prinz Fernando todt, der vor vier Jahren
In Fez den Qualen der Gefangenschaft
Und seiner Pein'ger Grausamkeit erlag;
Seit jener Zeit verdüstert tiefe Schwermuth
Und finst'rer Trübsinn uns'res Herrn Gemüth.
Doch niemals denkt er des geliebten Bruders,
Den man in Portugal den „Heil'gen" nennt,
Ohn' daß er nicht des Freundes auch gedächte,

An dem des Bruders Herz voll Liebe hing. —
Wohl denk ich seiner und der letzten Worte,
Die er in Lagos zum Infanten sprach:
„Ich bin zu schwach, ich kann den Freund nicht retten,
Mein Leben gäb' ich gern für seines hin!
Das Vaterland, es hat ihn aufgegeben
Und ew'ger Kerker ist sein traurig Loos!
Muß er den Anblick seiner Heimat meiden,
So will auch ich sie nimmer wiedersehn.
Nicht athmen mag ich mehr dieselbe Luft
Mit Männern, die sich Portugiesen nennen,
Und für Fernando's Rettung nichts gethan.
Und wie der edle Prinz bei den Barbaren
Muß stumm erdulden bitt'rer Knechtschaft Joch —
Umsonst die thränenfeuchten Blicke richtend
Vom fernen Meeresstrand nach Portugal,
Das ihn verstieß — so scheid' auch ich für immer
Vom einst so heiß geliebten Vaterland. —
Bei wilden Völkern, jenseits vom Cap Nao,
Will der Erinnerung ich des Freundes leben
Und gleich ihm will ich leiden und erdulden
Und still ertragen, was der Herr mir schickt;
Und finde Tod ich in des Meeres Wellen,
So danke zwiefach ich dem höchsten Gott!
Denn läßt das Boot im Sturme er zerschellen,
So spart er Qualen mir und bitter'n Spott." —
Ab fuhr der edle Jüngling; seinem Schiffe
War günstig nicht gesinnt die wilde See;
Geborsten war es bald an starrem Riffe —

Ein tiefes Grab entzog ihn weit'rem Weh!
Im Tod war er dem Freund vorangegangen,
Treu hält er jetzt im Himmel ihn umfangen.

Pirez.

Fürwahr, gar lieblich tönen Eu're Worte
In mein entzücktes Ohr. Denkt auch der Prinz
Und mancher And're an Henriques Hof
So von Hernandez wie zum Beispiel Ihr,
So glaub' ich, dürfen wir zu hoffen wagen,
Den Todtgeglaubten doch noch hier zu seh'n!

(Fanfare draußen.)

Hier kommt der Prinz, Gonçalvez ihm zur Seite.

Tristao
macht eine Bewegung, die Pirez veranlassen soll, weiter
zu sprechen.)

Pirez.

Geduldet Euch, Ihr werdet gleich vernehmen
Aus ander'm Mund die wunderbare Mähr';
Auch möcht' ich dem nicht gern die Freude rauben
Den Freunden und dem Land zuerst zu künden
Was wir gefunden auf der langen Fahrt,
Der unsres kühnen Zuges Führer war.

II. Scene.

Vorige. Infant, welcher Gonçalvez an der Hand
führt, nach diesen Juana mit zwei Hofdamen. Dann
Hofherren und Pagen; zum Schluß Schiffshauptleute,
Bootsmänner und Matrosen.

Infant.

Zum zweitenmale heiß' ich Dich willkommen,
Voll Inbrunst drück' ich nochmals Dich an's Herz
Du wack'rer Freund! Du Stolz des Vaterlandes,
Deß Unerschrockenheit und Muth dem König
Und Portugal nicht nur ein reiches Land,
Der Wissenschaft ein zu erforschend Feld,
Der ganzen Christenheit ein Eden schenkte,
Nein — dem durch Himmels Fügung ward vergönnt,
Den noch viel größ'ren Schatz mir aufzufinden,
Den ich durch Jahre schon verloren wähnte. —
Für Alles, was Du mir an Schätzen brachtest
An Auskunft über unentdecktes Land,
Sag' ich Dir nochmals Dank: und daß der König,
Mein Neffe, nach Verdienst dem Forscher lohne,
Acht' ich als nächste Sorge, höchste Pflicht.
Mehr aber dank ich Dir für Deine Zeitung,
Die mir nach langer, tiefempfund'ner Trauer
Mit Jubel füllt das treue Freundesherz.
Du brachtest Botschaft von Hernandez' Leben —
O komm! ausführlich jetzt erzähle mir,
Wie Du ihn fandest und was seine Gründe,
Zu folgen nicht sogleich dem treuen Freund
Zu seiner Heimat, seinem Vaterland! —

Triſtao.

So iſt es wahr? ich traue nicht den Ohren!
Was Pedro Pirez mich nur ahnen ließ,
Das wäre Wirklichkeit? Hernandez lebte?

Infant.

Ja, mein Triſtao, Du auch liebteſt ihn,
Den edlen, tapfern, langentbehrten Freund,
Deß jäher Tod uns ſelbſt zum Tod betrübte.
Doch hat Gonçalvez wieder ihn gefunden
Und er erzähl' es uns, wie dieß geſchah.
Ruh' hier an meiner Seite, theu'rer Freund
Und gönne mir und Allen hier die Freude
Zu hören, wie Dir Gott ſolch' Glück geſchenkt.

Gonçalvez

(ſetzt ſich neben den Infanten, nachdem die Pagen einen
Seſſel vorgeſchoben; Juana und die Damen ſetzen ſich auf
die andere Seite der Bühne).

Erhabner Fürſt! ſchon kehr' zum zweitenmale
Aus fernen Meeren und von fernen Küſten,
Die noch bis jetzt Europa unbekannt,
Geſund an Leib' und Seele ich zurück.
Doch, wenn bei meiner Rückkehr vor fünf Jahren
Ich auch dem Lande große Botſchaft bringen
Und meines Fürſten Dank erwerben konnte,
So brachte ich auch unwillkomm'ne Kunde,
Die Aller Herzen ſo mit Trauer füllte,
Daß jede and're Poſt in Nichts verſchwand. —
Doch heute iſt das Gegentheil der Fall!

Heut' schwindet alles And're vor der Nachricht,
Daß ich den Todtgeglaubten wieder fand.
Und doppelt hoch schlägt mir das Herz vor Freude,
Weil meine Botschaft Euch so hoch entzückt;
Denn diese Eure Freude ist mir Bürge,
Daß, kehr' zum drittenmal ich Euch zurück
Aus jenem wunderbaren Himmelsstrich,
Ihn selbst in Euren Arm ich führen kann
Und ihr die Macht besitzt ihn festzuhalten!
Denn nur, wenn er ein Herz an seinem Herzen
Erst wieder fühlt, das Gleiches mit ihm litt
Um Dom Fernando's, Eures Bruder's Loos —
Nur dann ist Hoffnung, daß der theu're Freund
Aus seiner Einsamkeit zurück in's Leben,
Zu Menschen wieder seine Schritte kehrt.

Infant.

O, mische in den Vollklang nicht der Freude
Gleich einen Ton der herben Trauer ein!
Was mir Fernando, der geliebte Bruder,
Was seinem Vaterland der Theu're galt —
In uns'res Volkes Liedern ist's zu lesen,
In jeder Thräne, die dem Aug' entquillt.
Fernando's Angedenken ist uns heilig
Und heilig wird es noch der Nachwelt sein;
Der Tod erlöste ihn von schwerem Leiden,
Sein Märtyrthum lohnt ihm ein Heil'genschein.

(Pause der Rührung bei allen Anwesenden.)

Erzähle nun, wie fandest du Hernandez?

Gonçalvez.

Ihr wißt, mein Prinz, wie ich im vor'gen Jahre
Mit dreien Caravellen ging in See.
Noch eh' des Gambias Mündung wir erreichten,
Kam ein so schrecklich wildes Ungewitter,
Das uns den Cours zu ändern schleunigst zwang.
Nachdem der Sturm sich sattsam ausgetobt,
Und uns die Sonne wieder freundlich schien,
Sah ich mein Schiff allein auf weitem Meer.
Was aus den beiden andern ist geworden,
Erfuhr ich heut' erst bei der Wiederkehr,
Und freute mich die Freunde zu begrüßen,
Die jener wüth'ge Sturm zur Umkehr zwang
Und wenn auch wrack= und völlig segellos,
Doch glücklich noch den heim'schen Strand erreichten.
— Ich aber hatte Glück mit meinem Fahrzeug,
Denn wohlbehalten lief es in den Gambia.
Was sich alsdann und weiterhin begeben,
Schon auf's Genaueste hab' ich's berichtet. —
Da, eben wollte ich den Anker lichten,
Um mit der Ladung rasch in See zu gehen,
Als wir erstaunt am Horizont entdeckten
Ein einsam Segel, das fest auf uns hielt.
Als es in Rufesweite war gekommen
Erkannten wir ein portugiesisch Schiff,
Deß Führer sich de Cadamosto nannte.
Das Fahrzeug hatte viel zu sehr gelitten,
Als daß es nicht mit Freuden in die Strömung
Des Gambia führe, die ihm Schutz gewährte

2

Vor schlimmen Winden und die ihm gestatte,
In sich'rer Ruhe wieder auszubessern
Die mannigfachen Schäden an dem Rumpf.
Ich machte mit des Landes Häuptern ihn
Und mit dem Volke selber ihn bekannt,
Dann fuhr ich ab. Noch theilte er mir mit,
Daß er, durch Zufall und vom Sturm verschlagen
Unweit des Cabo Verde mehre Inseln
Mit guten Buchten — nicht sehr groß — entdeckt,
Von denen er die größte Boavista,
Die andern Maryo und San Jago nannte.
Er rieth mir an noch dorten anzulegen
Um mir genau die Inseln zu beseh'n,
Damit ich Euch, mein Prinz, konnt' Kunde bringen,
Wenn selber er nach Hauf' nicht wiederkehr.
Ein wüthender Orkan zwang auf der Heimkehr
Mein Schiff, weit von der Küste abzuhalten —
Und selbst wenn ich nicht schon die Absicht hegte,
Die Inseln Cadamosto's anzulaufen,
Mich hätte jetzt die Noth dazu gezwungen.
So war ich herzlich froh als unf're Wache
Vom Maste: Land in Sicht! frohlockend rief.
Bald waren wir dort angelangt; doch war's
Ein kleines Eiland nur, von jenen keines,
Die Cadamosto uns so reizend malte,
Denn schroff ab fiel die Uferwand in's Meer
Und nirgends zeigt' sich eine Bucht zum Landen.
Unmuthig wandte ich mein schadhaft Schiff
Um wieder ostwärts nach Cap Verd zu gehen,

Als einen Felsenvorsprung wir umsegelnd
Uns plötzlich einem Land ge'nüber sahen,
Deß Lieblichkeit und Anmuth allem spottet,
Was wahrheitstreu Beschreibung sagen kann.
Hier fiel das Ufer mählig ab zum Meere
Und unser Anker fand bald festen Grund.
Ein Boot ward ausgesetzt und ich mit Pirez
Und ein'gen Mannen nahten uns dem Eiland,
Das einem wohlgepflegten Garten glich.
Wir schritten durch Orangen, Palmenwälder,
Zwar klein nur, aber immer dicht genug,
Um uns, den Suchern sattsam Schutz zu geben
Vor jener Sonne brennend heißer Gluth.
Jetzt eben wollten wir ein wenig rasten
Und an der Bäume Früchten uns erlaben,
Da plötzlich tönte — Niemand war zu sehen —
Aus kräft'ger Mannesbrust, in unsrer Sprache,
Im reinsten Portugiesisch nun. die Frage:
Wer seid ihr und weß' Wille führt euch her?

(Allgemeine Bewegung.)

Es fehlt' im ersten Schrecken uns die Sprache,
In stummem Staunen blickten wir umher.

Pirez.

Und wahrlich, Prinz, es war kein kleiner Schreck,
Der in die Sinne uns und Glieder fuhr;
Denkt nur, wir Beide ganz allein, denn unser Boot
Lag ziemlich fern mit uns'ren Ruderleuten!
Doch gleich verkehrte sich die Furcht in Freude,

2·

Als unsre Muttersprache wir vernahmen —!
Ach, nie hat mich der Sprache Melodie
So sehr entzückt, wie dort im Palmenhaine
Auf jenem Fels, allein im Ocean.

Gonçalvez
(der aufgestanden war, fortfahrend).

Nicht lange brauchten wir indeß zu suchen,
Denn, ein Geräusch zeigt uns jetzt einen Mann,
Der ruhig ernst die Schritte zu uns lenkt.
„Ich fragte euch — versteht ihr meine Sprache,
So gebt mir Kunde, was euch hergeführt."
So sprach er ernst und feierlich. — Schon bei
Dem ersten Laut, der seinem Mund entströmte,
War mir's, als hätt' ich schon in meinem Leben
Der Stimme Klang zu öfterem gehört.
Doch schob auf Rechnung ich den Wahn der Freude,
Die ich bei unsrer Sprache Ton empfand. —
Der Fremde schien uns nicht von dieser Erde!
Groß von Gestalt, im weißen Wollenkleide,
Das auf die Erde faltig niederfiel,
Stand er vor uns. Ein langer schwarzer Bart
Und schwarzgelocktes Haar umsäumten rings
Ein herrlich schönes Mannesangesicht,
Das, wenn gebräunt auch von der Sonne Gluthen,
An Schnitt und Adel doch den Europäer
Schon auf den ersten Blick erkennen ließ.
Nun rasch gefaßt entgegnet' ich ihm also:
Nicht fremd sind wir dem Volk, deß Sprache Du

So rein und schön und so geläufig redest,
Wie an des Tajo saftig grünen Ufern,
Am Guadiana sie nicht reiner klingt.
Wir nennen Unterthanen uns Alfonso's,
Des Fünften dieses Namens, der König ist
Von Portugal und von Algarvien.
Von seinem Oheim, dem Infant Henrique,
Den unser Volk den „Weitgereisten" nennt
Und der in unbegrenztem Forschungsdrang
Als seines Lebens höchstes Ziel sich stellte,
Der Erde Fläche weiter zu erschließen
Als es Europa noch zuvor gelang —
Sind wir gesandt sein Wollen zu vollführen.
Viel haben wir erreicht, denn Afrika,
Schon hat es unsern Blicken sich erschlossen
Bis, wo der glüh'nden Sonne heißer Strahl
Den Menschen senkrecht auf den Scheitel trifft.
— Ihr seht hier Pedro Pirez, gleich mir Freund
Und Waffenbruder des erlauchten Prinzen;
Ich selber bin — — „Gonçalvez heißest Du?"
Fiel mir der Fremde plötzlich in die Rede,
Der mich mit nerv'gen Armen nun umschlang.
„Erkennst Du nicht Hernandez, Deinen Freund?"
Und glüh'nde Küsse preßten meine Lippen
Und heiße Thränen netzten meine Wange,
Die aus den dunklen Augen ihm entströmten
Und welchen meine Thränen sich vermischten.——
So war's mein Fürst, so hab ich ihn gefunden.

(Pause der Rührung bei allen Anwesenden.)

Infant

(aufstehend).

Und mit der Zähre, die im Auge Dir,
Bei der Erinnerung an jene Stunde
Sich zeigt, vermische sich die Freudenthräne,
Die ich dem Glück des Wiedersehens weine.

(Umarmt ihn.)

Du, mein Gonçalvez, theuer meinem Herzen
Wie meinem Haus; wie kann ich jemals lohnen
Dir solche Freudenpost? Doch soll's gescheh'n.
Längst hab' ich Deines Herzens Wunsch errathen
Und nicht an mir liegt's, bleibt er unerfüllt,
Doch davon später! Laß mich mehr noch hören;
Was Alles hat Hernandez Dir erzählt?
Wie kam er selbst nach jener Inselgruppe?
Wie lebte er die lange Zeit hindurch?

Gonçalvez.

Mein Prinz entschuldigt mich, wenn ich zur Stunde
Nur flüchtig melde, was ich davon weiß.
Nur so viel jetzt, daß er — es sind sechs Jahre —
Zu jener einsam schönen Insel kam.
Sein Schiff lief auf den Strand, es retteten
Durch Schwimmen theils, sich theils auf kleinem Boote
Nur sieben Mann und außerdem ein Knabe,
Gebürtig unweit hier im Wald bei Sagres,
Der sich Hernandez, als er Abschied nahm
Vom Heimatland, zum Diener angeboten
Und auf die Wiederkehr verzichtete,

Wenn seinem neuen Herrn sie nicht genehm;
Die Uebrigen ertranken in den Wellen.
Die sieben Männer und der junge Page,
Sie bargen noch, nachdem der Sturm sich legte,
Vom Wrack des Schiffes, was zu bergen war,
An Lebensmitteln, Segeltuch und Linnen,
Woraus, der heißen Zone angemessen,
Sie ihre leichten salt'gen Tunika's
Sich selber fertigten. Die Insel ist zwar klein,
Doch wie ein Garten schön — ein Paradies!
Die reichen Früchte, die die Insel trägt,
Sie sicherten vor Hungertod die Armen
Und aus den Felsen sprudeln klare Quellen
Eiskalten Wassers, schmackhaft, rein, gesund.
Sie bauten dort aus Planken ihres Schiffes
Mit Hilfe rasch geborg'nen Handwerkszeug's,
Sich schnell ein Zelt und deckten das mit Leinen
Und Segeltuch zur Abwehr heißer Sonne,
Und hausten sich so gut wie möglich ein. —
Des Schiffes Steuermann, Bartolemeu,
Der mit dem kleinen, ihm geblieb'nen Boote
Bei stiller See zum Fischen öfters zog,
Entdeckte bald in nicht zu weiter Ferne
Ein größer' Eiland noch, als jenes war.
Bei leichter Brise und mit festem Segel
Gelang es ihm die Insel zu erreichen
Und fand dieselbe urbar und bewohnt
Von Wilden aus dem Stamm der Azenegi.
Sie waren scheu zwar erst, doch sonder Falsch

Und Hinterlist und nicht gar lange währt' es,
So näherten sie sich dem weißen Mann
Mit Datteln und Orangen ihn beschenkend.
Als bald nachher ein größer' Boot vollendet,
Das uns're Männer aus des Schiffes Planken
Zurecht gezimmert, wurde der Verkehr
Von dort nach hier ein reger und lebend'ger
Und vielen Vortheil brachte diese Freundschaft
Den Unser'n, die dann ihrerseits den Wilden
Den Segen der Cultur zuerst gebracht.
Ich nahm in meines Königs hohem Namen
Von beiden Inseln für den Staat Besitz
Und ebenso von jenen größer'n Dreien,
Die Cadamosto vor uns schon entdeckt
Und die zu einer Gruppe all' gehören,
Die ich gesammt di cabo verde taufte.
Im Ganzen weilte ich dort einen Mond,
Bis daß mein Schiff seetüchtig wieder war;
Dann nahm ich Abschied von den lieben Freunden
Mit dem Versprechen bald'ger Wiederkehr. —
Es sendet Euch Hernandez treue Grüße
Und ganz besonders legt er Euch an's Herz,
Die Gnade ihm vom König zu erwirken,
Daß ihm und den Gefährten jene Insel
Als freies Eigenthum belassen bliebe,
So lange Einer noch von ihnen lebt. —
Dort leben sie nur sich und der Erinn'rung
An Dom Fernand, den sie als Schutzpatron
Verehren, dessen reines und nur Gott

Geweihtes Leben ihnen Vorbild sein
Und alle Jene mit veredeln solle,
Die frei zu ihrer Satzung sich bekennen.
Hernandez bittet Euch mein edler Prinz
Durch mich ihm Privilegio zu senden,
Das seines Ordens Rechte anerkenne
Den er den Orden San Fernando nenne.

Infant.

Wie? Hört ich recht? es will ein großer Geist,
Ein kühner Denker und ein Mann der Thaten
Auf nacktem Eiland in der Wasserwüste
Ein unbedeutend Schäferleben fristen?
Ist das Hernandez? ist das mein Alvao,
Dem selber ich den Ritterschlag ertheilt,
Als wir den Sturm auf unser kleines Lager
Vor Ceuta's Mauern glücklich abgewehrt?
Damals, als Jüngling von kaum zwanzig Jahren,
Hat kühne Thaten schon sein Arm vollbracht. —
Frei, wie Fernando, bot er sich als Geißel
Für Einhaltung des wohlbedachten Pakt's,
Den ich mit jenem Emir Çala-Çala,
Im Namen meines königlichen Bruders,
Des nunmehr seligen Duarte schloß,
Und der bestimmte, daß die Festung Ceuta
Von uns für die Gewähr des freien Abzug's
Des leider kleinen Häufleins Portugiesen,
Den Sarazenen rückgegeben werde. —
Er ging mit meinem Bruder nach Arzilla

Und theilte dessen lange Kerkerhaft
Erwartend, daß man rasch den Pakt erfülle,
Der leider nimmer treten sollt' in Kraft.
Des Staats Vertretung hatte nicht bewilligt,
Was ich vor Tanger's Mauern abgeschlossen.
Man dürfe, hieß es, nicht des Prinzen Leben,
Ja, wär' es selbst des Königs, nie erkaufen
Mit uns'rem Bollwerk drüben über'm Meer.
Nicht Portugal allein, die Christenheit
Säh' hin auf Centa als dem Stolz der Kirche,
Dem ersten Christentempel Afrika's.
Man solle für Fernando's bald'ge Freiheit
Das Höchste bieten, nimmer doch die Kirche
Des stärksten Bollwerk's ihrer Macht berauben.
Was konnten gegen diesen Spruch, der König,
Die Brüder mehr noch für den Bruder thun,
Als Summen über Summen Goldes bieten —
Doch wißt Ihr Alle: Nichts ward angenommen;
Und Portugal's Infant, Fernando, zog
In jene schimpfliche Gefangenschaft,
Aus der der Arme niemals wiederkehrte. —
Als man den Bruder von Arzilla fort,
Nach Fez, zu Lazurac dem Schrecklichen
Hinführte, nahm Hernandez seinen Abschied
Von ihm, um hier im alten Vaterlande
Des Prinzen Auslösung rasch zu erwirken.
Wie muthig trat der edle Jüngling auf;
Wie trat er selbst den Cortes gegenüber!
Es war umsonst — und als Duarte starb,

Mein Bruder Pedro zur Regentschaft kam
Für den noch minderjähr'gen Königssohn,
Da sank auch in Hernandez Brust der Muth
Und er entschloß sich kühn, auf Meereswogen
Den Kampf mit Elementen zu besteh'n. —
Und solch' ein Kopf, solch' edler, kühner Degen
Will seine Kraft dem Vaterland entzieh'n?!
Jetzt, wo Verwirrung nur im Lande herrscht,
Wo Oheim, Neffe — König und Regent
In blut'gem Krieg vernichtend sich bekämpfen;
Jetzt mehr als je bedürfen wir des Mannes
Und keines Eremiten auf dem Meer.
Sag' selbst Gonçalvez, denkst Du nicht gleich mir?
Und hast Du Alles dies ihm nicht gesagt?

Gonçalvez.

Dieß und noch mehr, mein Prinz, sagt' ich ihm schon;
Doch felsenfest steht bei ihm der Entschluß,
Nach Portugal nicht mehr zurückzukehren!
Die Insel tritt er ab an seinen König;
Doch dieser mög' dafür ihm selbst, dem Meister,
Und allen Jüngern seiner reinen Lehre,
Die jetzt und fernerhin zur Insel ziehen,
Um frei dem freien Bunde sich zu weihen,
Den nöth'gen Schutz und die Sanktion verleihen.

Infant.

Nun, ist die Lehre gut, wie ich nicht zweifle, —
Hernandez war ja stets ein guter Christ —

Und auch ein guter Mensch! Grund um so mehr,
Daß er zurück zu seinem Volke kehre.
Er selber kann des Ordens Meister sein,
Auch wenn er hier; das Gute seiner Lehre
Kann seiner Heimat auch zu Nutze kommen,
Ohn' daß er selber sich der Pflicht entziehe,
Die ihm Geburt, Erziehung auferlegt.
Die Insel dort im Meer, sie bleib' als Stätte
Der Ordensburg ihm immerdar als Eigen,
Doch selber weilen darf er dort nicht mehr.
Was ist der Zweck, die Absicht denn des Bundes?

Gonçalvez.

Mein Fürst, ich weiß nicht, ob vor Aller Ohren
Ich seine Regeln Euch enthüllen darf.
Er hat als Freund dem Freunde seine Ziele
Und manches And're mir noch anvertraut,
Das ich wohl Euch zu künden mich nicht weig're
Auch Donha Juana nicht verbergen will;
Doch mehr — —

Infant.

Sehr wahr! Du mahnst zur rechten Zeit!
Ihr Pirez führt die wackern Schiffersleute
Hinunter jetzt nach Sagres, wo sie wohnen;
Sie bleiben meine Gäste für die Zeit,
Die sie am Lande sind. Bei Spiel und Wein
Mögt ihr euch dort indeß die Zeit verkürzen
Und unsern Landeskindern viel erzählen,

Vom schönen Land am fernen Gambia.
Ihr Andern lasset, bitt' ich, uns allein!
Tristao bleib'! (alle ab bis auf

III. Scene.
Infant, Tristao, Gonçalvez, Juana.)

Infant.
Sag' jetzo was du weißt
Von jenem Orden, den Hernandez stiftet'!
Es wird ein Kloster-Orden doch nicht sein?
Da wäre mir wahrhaftig um ihn leid!
Wenn solche Männer schon in's Kloster gehen,
Wie soll da fürder noch ein Staat bestehen?

Gonçalvez.
Ein Kloster ist es nicht; denn wenn auch fromm
Und gottesfürchtig, darf der Eingeweihte
Sich jeder Lust und Freude überlassen,
Die sich mit Sitte und Vernunft verträgt.
Sie nennen auf der Insel all' sich Brüder
Und Eines Freude ist des Andern Glück!
Sobald die Sonne ist ins Meer gesunken
Kommt man zusammen auf dem höchsten Punkt
Der kleinen Insel; dort wo jäh die Felswand
Heraufsteigt aus der dunkelblauen Fluth. —
Und ruhend auf der nackten Felsenplatte
Vergnügt man sich bei labend milder Kühle
Mit lehrreichem und fröhlichem Gespräch. —
Man denkt der großen Thaten aller Zeiten,

Man denkt des hergebrachten Werk des Tages;
Man stellt sich Fragen und man ziehet Schlüsse.
Man denkt der Pfleglinge, der schwarzen Menschen
Und überlegt, was ihnen nützlich sei
Und was man Neues ihnen lehren könne.
Man denkt des Heilands großer Menschenliebe,
Man unterhält sich von der Erde Schönheit,
Man zählt die Wunder auf der Sternenwelt.
Man denkt der Heimat, spricht von seinen Lieben,
Man denkt des Märtyrer Fernando Leiden,
Man spricht von Gott und seiner Allmacht Größe,
Man spricht von Erdensein und Ewigkeit! —
Vor allem aber predigt man die Liebe,
Die reinste Menschen-, reinste Bruderlieb'.
Verabscheut sind so Lüge, wie Verrath,
Treu halten sie in Noth und Tod zusammen!
Gleichgiltig ist es ganz woher sie stammen;
Der Bitte folgt das Wort, dem Wort die That.

Infant.

Ein Staat des Friedens und der Menschenliebe,
So wie ihn Dom Fernando sich geträumt.
O' der Gedank' ist schön! ihn auszuführen
Liegt nicht in uns'rer Macht. Dort ist es möglich,
So lang der Völker ungenügsam Streben
Nicht ihr verzehrend Gift dahin verpflanzt.
Doch gebt nur Acht, sobald erst Menschen kommen,
Sobald der Ehrgeiz und der Schachersinn,
Die unausbleiblich sind, sich eingefunden,

Dann ist das Reich des Friedens bald zerstört,
Trotz unsres Freunds und seiner schönen Lehre.

Gonçalvez.

Dem vorzubeugen ist er fest entschlossen
Nur Solche auf die Insel zuzulassen
Die ihm von einem Ehrenmann empfohlen;
Und sie dem Orden eh' nicht einzureihen
Bis eine Prüfung sie bestanden haben.
Es ist die Absicht nicht, die Segnungen
Des Bundes auf die kleinen Inseln nur
Zu gießen, nein! die Lehre, hofft Hernandez,
Wird über alle Länder sich verbreiten
Und alle Menschen werden Bürger sein
Des großen Staates der Glückseligkeit.
Wohl fühlt er, daß Jahrhunderte nicht reichen
Um auszureifen seine fromme Saat;
Doch ungeachtet deß will er sein Leben
Und seine ganze Kraft dem Plane weihen,
Den Grundstein zu dem Bau gelegt zu haben,
Auf dem die Nachwelt weiter bauen soll:
Am Riesentempel, der so Christ wie Juden,
Der Sarazenen, sowie Hinduvölker —
Der alle Menschen brüderlich vereint
In seinem ungeheuren weiten Raum.
Als diesen Tempel denkt er sich die Erde
Von Sonnenaufgang bis zum Niedergang!
Und seine Decke ist die blaue Wölbung

Von der herab sich alles Licht ergießt,
Mit einem Wort, sein Tempel heißt — die Welt.

Tristao.

Schon seh' ich klar, er ist für uns verloren!
Die lange Einsamkeit, des Freundes Leiden
Und jetzt die Nachricht von Fernando's Tod, —
Sie wirkten allzumächtig auf ihn ein!
Der Schwärmerei war er von früh'ster Jugend
Und leider allzusehr nur zugeneigt.
Mit solchen weltbeglückenden Ideen
Bleibt er am besten auf dem Ocean!
So schön, erhaben auch der Grundgedanke,
Kommt er noch um Jahrhunderte zu früh.
Man lerne erst den Menschen Mensch zu sein
Eh' man ihn frei und sich zum Bruder macht.
Doch so human wie wir denkt hier nicht Jeder
Und dräng' die Kunde erst zum heil'gen Rom,
So wär' auf seinem Fels er selbst nicht sicher,
Und schwere Buße würd' ihm auferlegt.
Man liebt dort nicht die allzufreien Denker,
Ihr schlimmster Gegner heißt Inquisition.

Gonçalvez.

Das ist's Tristao, was auch ich befürchte,
Und deshalb drang ich d'rauf, daß Niemand höre
Was ich den väterlichen Freunden melde.

Infant.

Wohl war es klug von Dir mein theurer Sohn!
Ein neues Anrecht hast Du Dir erworben
Hierdurch an meine ganze Dankbarkeit. —
Dein Herzenswunsch ist lange mir bekannt
Und selber will ich für Dich um die Hand,
Der Vater bei der eignen Tochter werben.

Gonçalvez.

O' theurer Prinz —

Juana.

Mein Vater —

Infant.

Doch erlaubt,
Daß ich Hernandez erst ein Wort noch widme.
Um meines hingeschiednen Bruders willen
Fernando's, der an ihm mit seltner Liebe,
Wie an dem theuersten auf Erden hing —
Will den Versuch ich seiner Rettung wagen.
Ich rüste neuerdings drei Carvellen
Zur Fahrt nach unsern neuen Ländern aus.
Du führest, wie zum öfteren schon, nach jenem
Dir nicht mehr unbekannten Meer die Boote,
Von denen eines selbst an Bord mich nimmt.

(Bewegung unter den Anwesenden.)

3

Solch' abenteuerlich erdachten Plänen
Muß man mit ganzer Kraft entgegentreten.
Für solchen Tempel ist die heut'ge Erde
Und sind die Menschen lange noch nicht reif!
Und werden's später auch nicht, niemals werden.
Dazu gehören Götter, keine Menschen!
Dazu gehört ein Meister, dessen Stuhl
Dort oben steht in lichter Geisterwelt!
Wohl vieles kann ein Staubgeborner lernen,
Doch nie kann er vergessen, daß er Mensch.
Und daß er auf der Welt um zu genießen
Die kurze Spanne Zeit, so gut er eben kann.
Weise macht uns das Grab! und unter Geistern
Herrscht dann ja doch allein des Ew'gen Wille,
Dort werden wir des Weitern erst belehrt.
Hier auf der Erde herrscht ein Grundgesetz,
Das heißt Natur! und diesem sich zu fügen
In reinstem Sinn' lehrt meine Religion.
Ein hochbegabter Mensch darf seinem Volke,
Darf seinem Vaterland sich nicht entzieh'n —
Das heischt die Pflicht — das ist Naturgesetz!
Und den Verirrten fest zurückzuführen
Auf den von ihm verlass'nen ird'schen Pfad,
Erachte ich als Pflicht und als mein Recht.
Und sollte es in Güte nicht gelingen
Ihn zu entziehen seiner Wahngestalt,
So muß zur Umkehr ihn der Stärk're zwingen
Und gäbs kein andres Mittel — durch Gewalt!

Juana

(die bisher nur zeitweise durch Bewegung und Blick an
allem Vorgegangenen Antheil genommen, tritt jetzt in die
Mitte.)

Verzeiht mein Vater, wenn ich mir gestatte
Zu widerrathen Euch den letzten Weg!
Es handelt hier sich um denselben Mann,
Der werth so mir wie Euch; von dem ich weiß,
Daß die Gewalt wohl eh' das Gegentheil
Von dem, was Euer Ziel, bewirken könnte.
Von allen Eigenschaften, die den Helden
So reichlich zierten, schmückten Stolz und Muth
Zumeist den edeln Mann; sein Stolz war, das
Was er für Recht erkannte zu beschützen,
Wenn nöthig gegen eine ganze Welt! —
Ein solcher Mann fällt eher der Idee,
Die seinen Geist mit solcher Kraft beherrscht
Zum Opfer, eh' er sie sich rauben läßt.
Hier ist zur größten Vorsicht anzurathen!
Laßt uns gemeinsam denn die Mittel prüfen,
Die wir zur Heilung dieses Schwärmers wählen!
Verschmähet hierbei nicht der Jungfrau Rath.

(Kleine Pause.)

Dem Vater ist's bekannt; — ob Dom Gonçalvez
Davon vernommen, daß ich die Geliebte
Hernandez' war, das weiß ich nicht zu sagen;
Doch glaub ich's nicht, weil außer meinem Vater,
Dem ich es selbst erzählte, Niemand wußte
Als die verstorb'ne Mutter um die Liebe

3*

Alvao's zu Juana, deren Herkunft
Ihm heute noch wie damals unbekannt.
Er ahnet nicht, daß der Infant mein Vater,
Nur meine Mutter war ihm wohlbekannt.
Bei Faro in der Villa Diolores
Lernt' er die Tochter dieser Mutter kennen,
Von der er nur den Nam' Juana weiß.
Was Anfangs Neigung war, ward bald zur Liebe,
Zur glühenden verzehrend heißen Liebe!
Er warb um mich und ward von mir verschmäht.

(Gonçalvez athmet auf.)

Wohl ehren konnt' und achten ich den Ritter,
Den schönen, frommen, hochbegabten Mann;
Jedoch im Herzen regt' sich für ihn nichts.
Er schied voll Ehrfurcht, doch in tiefer Trauer
Und seit dem Tage sah' ich ihn nicht mehr.
 — Ihr seid bestürzt Gonçalvez und ich sehe,
Daß Purpurröthe das gebräunte Antlitz
Des muth'gen Seemanns meinethalb umzieht.
Ist das der Eifersucht verzehrend Feuer?

Gonçalvez.

Verzeihung Donha, wie dürst' Eifersucht
In mir sich regen, der kein ander Pfand,
Als seine reine unentweihte Liebe
Auf eine Wage mit Hernandez legen
Und nicht gedenken darf, daß seine Schale
Mit jener auf derselben Höhe blieb. —
Wenn sich in's Antlitz mir das heiße Blut

Nur eben jetzt verrätherisch ergoß,
So war es Furcht auf ewig zu verlieren,
Was ich seit Jahren mir so heiß ersehnte,
Um was ich werbe jetzt — um Eure Hand.

Juana.

Und daß kein Zweifel auf im Sinne keime,
Als könne jetzt, was früher nicht gescheh'n,
Mein Herz in Liebe für Hernandez glüh'n —
So reich' ich sonder Scheu und Vorbehalt
Gonçalvez Euch die unentweihte Hand.
Denn, was ich Euch, seid Ihr auch mir gewesen
Und könntet Ihr in meinem Herzen lesen,
Für meine Treue brauchtet Ihr kein Pfand.

Gonçalvez
(vor ihr niederknieend).

Madonna! So wie einst im fernen Meere
Der Muttersprache wonnig süßer Ton,
Aus eines todtgelaubten Freundes Mund
In's freudetrunkne Herz Gonçalvez' drang,
So lieblich tönet mir das süße Wort
Von Euren Lippen in's entzückte Ohr.
Was leis zu hoffen ich kaum wagen durfte,
Mit einem Zauberschlag hat sich's erfüllt.
Verzeiht dem rauhen Seemann, wenn er Worte
Zur Stund' vergeblich sucht für all' dies Glück.

Infant

(tritt zwischen beide, Juana umarmend.)

O' mein geliebtes Kind, für alles was
Ich je für Dich und für Dein Glück gethan —
Mit diesem Worte hast Du's reich gelohnt.
Ich konnt' den Flecken der Geburt nicht sühnen,
So gern bei meiner Ehre ich's gewollt'. —
So war's mein höchster Wunsch Dich einem Manne,
Den mehr als Zufallsgröße der Geburt
Der Thaten Größe ziert, vermählt zu seh'n.
Somit verlob' ich Euch und eh' die Schiffe,
Die ich zur Reise nach den Inseln baue
Vom Stapel laufen, soll die Trauung sein.
Dein Gatte soll mich dort noch hingeleiten,
Dann führ ich selbst ihn Deinem Arm zurück.

Juana.

Mein Vater hört — und Ihr, jetzt mein Verlobter
Den Plan, den ich im Geist mir ausgemalt.
— Wohl hätt' ich nicht herkömmlich gute Sitte
Und des Geschlechtes züchtig fromme Scham
So außer Acht gelassen, und mich Euch
So überraschend plötzlich anverlobt,
Kaum daß die Werbung Ihr noch vorgebracht,
Wär's nicht zum Besten des bedachten Plans. —
Hernandez, der vom Tode uns Erstandne
Muß unter Menschen wiederum zurück!
Das ist er sich, das ist dem Staat er schuldig.

Und alle Bürger seines Vaterlandes,
Sind ihm ge'nüber streng und hoch verpflichtet,
Was nur in ihren Kräften, einzusetzen,
Den hochverdienten, hochbegabten Geist
Dahin zurück, von wannen er im Groll
Einstmals geschieden, jetzt auf's Neu zu führen.
Freiwillig wollte er das Schicksal theilen
Des theuren Freundes, der vom Vaterland
Grausam getrennt, dort drüben über'm Meer
In Abgeschiedenheit und Trauer lebte.
Fernando's Tod gab ihm sein Wort zurück.
Nichts kann ihn binden mehr an jenen Schwur.
Vorsichtig aber muß zu Werke gehen,
Wer vom gefaßten Vorsatz ab ihn lenken,
Wer ihn dem Vaterland gewinnen will.
Es ist dieß nicht dem rauhen Mann gegeben,
Der nur von Rechten spricht und seiner Pflicht.
D'rum laßt mich mit euch ziehen; laßt mich
                                        suchen
Erinnerungen in ihm zu erwecken,
Die wohl mit schuld, daß er das Land
                                        verließ.
Ich meine seine Liebe einst zu mir!
Dann, wenn ich erst die Zauberkraft beschworen,
Die in den Worten Heimat, erste Liebe,
In Jugendglück und Lieb' zum Vaterland,
In jedes Menschen Brust vergraben liegt —
Dann kommt dem Weib zu Hülf', dann sprech'
                                        der Mann.

Tristao.

In vielem habt Ihr Recht, doch nur in Einem
Find grausam ich den klug bedachten Plan.
Die alte Liebe wollt Ihr neu entfachen
Und darauf ihn zum zweiten Mal verschmähen?

Juana.

Ich trete vor ihn als des Jugendfreundes,
Des Waffenbruders angetrautes Weib!
Das ist das Erste! — Weil ich ihn als Gattin,
— Somit für alle Zeiten ihm verloren —
Auf seinem fernen Eiland aufgesucht,
Mag das ihm Bürgschaft für die Ehrlichkeit
Und für die Wichtigkeit der Sendung sein,
Die wir zu seinem Heil uns auferlegt.

Infant.

Wohl hast Du recht mein Kind und also sei's.
Du ziehst im Schutz des Gatten und des Vaters.
Bei solchem Träumer wie Hernandez worden,
Da richtet wohl ein kluges Frauenwort
Bei weitem mehr als aller Männer Witz.
— Doch viel zu lange hab' ich schon verweilt,
Ich muß beim Feste mich in Sagres zeigen.
Tristao bleibt bei euch; Gonçalvez möge
Bei der Geliebten kurze Zeit noch weilen,
Dann kommt mir nach. (Juana auf die Stirne küssend)
Mein Kind, auf Wiederseh'n!
(Ab durch die Mitte.)

IV. Scene.

Tristao. Gonçalvez. Juana.

Juana.

Der Vater freute sich ob meines Plans;
Ihr selbst nur habt kein Wort des Lobs für mich?
Scheint Euch mein Vorsatz einer Frau nicht
würdig?

Gonçalvez.

Verkennt mich nicht! wohl bin ich fest durch-
dringen,
Daß Euer fein Gefühl das Rechte traf.
Dem stellt sich nur die Schwierigkeit ge'nüber,
— Ich scheute mich bisher es auszusprechen —
Daß es das Hauptgesetz des neuen Bundes:
Nur Männern Eintritt bei sich zu gestatten!
Die Insel selbst, auf der Hernandez wohnt
Und auch sein Leben lang verbleiben will,
Soll niemals eines Weibes Fuß berühren!
Er will kein Weib im Leben wiederseh'n.

Juana

(nach einer kleinen Pause, frostig.)

Das thut mir leid! so hab ich mich vergebens
Im Sinne abgemüht, den hohen Geist
Und Mann der That, den tapferen Hernandez
Dem durch Partei'n zerriss'nen Vaterland
Zurückzubringen. — Kühner Held Hernandez

Du lebteſt einſt! Jetzt lohnt es nicht der Müh',
Denn der von heute iſt ein kranker Mann! —
Als Freund der Weisheit und der Wahrheitsliebe,
Als Menſchenfreund ſtand er im Geiſt vor mir;
Als Schwärmer für das große Lehrgebäude
Der Weltweisheit, als Bruder unter Brüdern!
Den ſelt'nen Mann wollt' ich der Einſamkeit
Entreißen und der Welt ihn wiedergeben —
Und nur ein Sonderling ſteht noch vor mir!
Der, weil ein Weib er einſt vergebens liebte,
Der ganzen Frauenwelt den Rücken kehrt.
Ein Weiberhaſſer nur! fürwahr es lohnt
Der Mühe nicht noch weiter ſein zu denken. —
Mein Vater harrt in Sagres jetzt auf Euch;
Laßt nicht zu lang ihn dort vergebens warten.
Es bleibt dabei, bald ſoll Vermählung ſein;
Doch nach der Inſel ſegelt nur allein!
Gebt mir die Hand mein Freund, ich bin bekehrt
Vom Mitgefühl für den, der keines werth.

(Ab zur Seite.)

V. Scene.

Triſtao. Gonçalvez.

Gonçalvez.

Triſtao, Freund, das hatte ich gefürchtet,
Daß ſich das Mitgefühl in Spott verwandelt,
Sobald ich dieſe Grille erſt verkündet,

Cristao.

Laßt Euch das keinen Augenblick bekümmern!
Sie ist ein Weib und fühlt sich schwer verletzt
Als solches nur von dem verweg'nen Mann.
Was sind das auch für sonderliche Launen?
Nein, nein! er muß geheilt von seinen Träumen,
Muß rückgeführet seinem Lande werden.
Und dazu ist ein Weib vor allem nöthig!
Und g'rade sie, die einstmals er geliebt,
Doch die nur Kaltsinn ihm entgegenstellte,
Kann jetzt als Gattin seines treu'sten Freundes
Mehr noch als jede And're dieß bewirken.
Laßt mich nur mit ihr reden, sie muß mit!
Und gut noch wär' es, wenn ich selbst nicht scheute
In meinem Alter die nicht leichte Mühe,
Und folgte Euch zu jenem Sonderling.
Denn ist es mehr — und fast möcht' ich es glau=
                                        ben —
Als bloße Grille, die die Einsamkeit
In seinem Kopf erzeugt — ist's Ueberzeugung,
Dann ist für ihn das Schlimmste zu befürchten.

Gonçalvez.

O Ihr erschreckt mich —

Cristao.

                    Denn bei aller Freundschaft,
Die der Infant im Herzen für ihn hegt,
Hält dieser doch mit voller Zuversicht

An allen Satzungen des Christenglaubens
So wie sie Rom diktirt, entschieden fest. —
Und sähe er im neuen Brüder=Orden
Mehr als der Gläubige erblicken darf —,
Er würde rückhaltslos den Freund vernichten
Und mit ihm Alle, die, wie er gedacht.
Und Unrecht hätt' er nicht, noch ist die Zeit
Nicht da, wo unser Volk die Neuerung
Begreifen könnte! Unheil und Verwüstung
Würd' sie dem Vaterland heraufbeschwören,
Das ohnehin so schweres schon erlitt. — —

(Von einem plötzlichen Entschluß erfaßt.)

Ich ziehe mit! dort will ich erst erwägen,
Ob heilsam es, ihn listig zu umgarnen
Zu seinem und zu seiner Freunde Segen —
Ob's besser nicht, vor Rückkehr ihn zu warnen.

(Beide wenden sich zum Gehen.)

(Vorhang fällt.)

———

Zweiter Akt.

Auf einem zur Gruppe der Cap Verdischen Inseln gehörigen kleinen Eiland. Gegend am Meeresufer. Palmenbäume. Mitternacht. Mondbeleuchtung.

I. Scene.

Hernandez in der Mitte der Bühne auf einem kleinen Erdhügel stehend, um ihn her im Halbkreise Soam an der äußersten Ecke zur Rechten vom Zuschauer, Juana in Männertracht an der äußersten Ecke zur Linken, neben ihr der Prior in der Tracht eines vornehmen Portugiesen, dann Telasko, dann Bartolemeu, diesen gegenüber Loango und Duarte, und die übrigen vier Weißen und circa 16 bis 20 farbige Brüder. Die Kleidung der Brüder ist wie sie in der Erzählung im ersten Akte bereits geschildert, eine lange weiße Tunika, offene Aermel, Ledergurt und Sandalen, die Schwarzen tragen ebenfalls Tuniken aber nur bis ans Knie und von der Farbe ungebleichten Segeltuchs. (Die Regie wird gebeten darauf zu sehen, daß sich die Comparsen nicht zu arg das Gesicht mit Kienruß bemalen, ein tiefes Braun, leicht aufgetragen, thut dieselben Dienste.)

Hernandez
(in der bereits begonnenen Rede fortfahrend.)

Nicht eher ruhten sie, bis daß sie kamen
An jene Grenze der belebten Schöpfung,
Wo Atmosphäre sich und Aether scheiden.

Hier, sprach der weise Mann vom Flusse Ganges,
Hier ist der rechte Platz um zu erbauen
Den hehren Tempel, dessen schlanke Säulen
Auf zweimal drei und einmal sieben Stufen
Den Stützpunkt finden, um ein Dach zu tragen,
Das gleich der großen blauen Himmelsdecke
Azurne Farbe schmücken soll, mit Sternen
Aus lichtem Gold bedeckt. — Nicht weit davon,
Da fanden sie umgeben von Gebirgen
Ein wunderlieblich heimlich stilles Thal.
Hier siedelte die wandernde Gemeinde
Sich häuslich an und Männer sowie Frauen
Gehorchten gern des Meisters weisem Spruch.
Als nun des Tempels Bau vollendet war,
Versammelten in seinen stolzen Mauern
Die Männer sich in stiller Abendstunde
Und ruhten von des Tages Mühen aus.
Das Innere des Tempels zu erschauen
War nur des Bunds Geweiheten verstattet.
Nie durften Weiber auf die Stufen treten,
Die weit im Kreis das hohe Haus umgaben,
Vorwitz'ge Neugier wurde streng bestraft.
Und wenn man auch daheim die Frauen ehrte
Und liebte, wie es guten Menschen ziemt,
So galt im Tempel oben nur der Mann.
Ein hoher Schwur band jeden Bruders Zunge
Und streng Geheimniß blieb nach Außen hin,
Was sich im heil'gen Raume still begab. —
Und wie vor grauen Jahren dort die Parsen

Die Satzungen des mächt'gen Bruderbundes
Bei sich geübt und streng der Lehre folgten,
So wollen wir, die wir den neuen Tempel
Auf diesem Fels, vom ew'gen Meer umspült
Und von des Himmels Decke überzogen
Im Geiste uns erbaut auf Urgestein, —
Auch hier des Bundes Lehren streng befolgen
Und unter Männern treue Brüder sein.
Ich frage jetzt den Wächter an der Pforte:
Wie spät ist es?

Joam.

       Schon Mitternacht vorüber!
In vollem Glanze flammt der helle Stern,
Der für das Licht und dessen Kommen zeugt.

Hernandez.

So schließe ich im Namen des allmächtigen,
Allweisen und allseh'nden höchsten Meisters,
Der über jenem letzten Stern, von Glanz
Und Licht umflossen, hocherhaben thront,
Den weihevollen hochgewicht'gen Tag. —
Nach uns'res Ordens Regel frag ich euch
Wie man Verräther straft am Bund des Friedens?

Alle (langsam feierlich).

Wer sich versündigt an des Bundes Ehre
Und schädigt seine Brüder durch Verrath:

Deß Herz den Flammen und den Leib dem Meere,
Der Klage folgt der Spruch, dem Spruch die
Tat!

Hernandez.

Seid eingedenk ihr Brüder eures Schwurs,
Verschließt in's Innerste der Mannesbrust,
Was Eu'r Aug' geseh'n, das Ohr vernommen.
Und so entlaß ich euch: zieht hin in Frieden!
(Steigt von der Anhöhe herunter.)

Die Brüder

reichen sich untereinander und dem Meister die Hand; die
Farbigen gehen nach der Meeresküste zu und verschwinden
im Dickicht; die Weißen zur Seite ab. Während dessen
ist Hernandez ganz in den Vordergrund gekommen und steht
jetzt dem Prior und Juana gegenüber, denen er die Hände
entgegenstreckt, welche der Prior ergreift, indem er einen
Schritt vortretend Juana deckt.)

Hernandez.

Ich frage nicht mein vielgeliebter Bruder
Nach Eurem Namen erst und Eurem Stand;
Denn hier ist Einer nur dem Andern gleich.
Der Mensch spricht hier zum Mensch, der Mann
                    zum Manne,
In dem er den geliebten Bruder sieht. —
Es stellte sich für Euch ein sich'rer Bürge
In der Person des würdigen Henrique,
Den ich als Freund und Vater stets geehrt.

Und wenn ich von der alten Satzung wich,
Die nur gewährt den Fremdling aufzunehmen
(Nach ernster Prüfung, in die heil'gen Rechte
Und Pflichten uns'rer festen Brüderkette),
Wenn selbst ein Eingeweihter für ihn bürgt,
So glaubte ich in diesem einz'gen Falle
Mehr thun zu dürfen als ich sonst gethan!
Des portugiesischen Infanten Briefen
Und Eurem Angesicht, in dessen Zügen
Mir fester Mannessinn entgegentritt,
Hab ich vertraut. Mög' es uns nie gereuen!

Prior.

Sehr würdiger und hochbegabter Meister,
Ich bin —

Hernandez.

                    Ich bitte, nennt mich Bruder!
Man nennt mich Meister, das bedingt die Regel,
Nur in den Stunden, wo die Arbeit ich
Am geist'gen Bau des hehren Tempels leite.
· Jetzt bin nicht mehr nicht wen'ger ich denn Ihr.
Und spart es auch mir weiters zu erzählen,
Welch' eine Stellung in der Außenwelt
Ihr sonst bekleidet, ob Euch hoher Rang
Und Titel schmücken, — mir gilt nur der Mensch.
Doch einen Namen sagt wie ich Euch nenne.

Prior.

Ich nenne mich Michalo —

4

Hernandez.

Das genügt,
Michalo seid mir herzlich denn gegrüßt.
Und der Gefährte, welchem Dom Henrique
In seinem Schreiben solches Lob ertheilt
Ob seines Geistes hoher Kraft und Schärfe,
Der weit den Jahren sei vorausgeeilt —
Wie nenn' ich ihn?

Juana.

Ich heiße Herr — Juan —

Hernandez.

So nehmt auch Ihr die treue Bruderhand,
Die ich aus vollem Herzenstrieb Euch reiche.
Ich weiß nicht wie es kommt, doch Eure Züge
Sie scheinen mir nicht unbekannt — und wahrlich
Gar seltsam fühl' ich mich dadurch bewegt.
Sah ich Euch niemals denn? die Hand erzittert
Und ungewiß nur streift mich Euer Blick;
Wollt Ihr mir der Bewegung Grund vertrauen?

Juana.

Ich bin — es ist —

Prior (rasch einfallend.)

Der allzumächt'ge Eindruck
Ist's nur — das mysteriös Gewaltige
Des weihevollen feierlichen Aktes

Der Prüfung und alsdann der Reception.
Besonders aber Folge ist's des Schwurs,
Den er vordem in Eure Hand geleistet,
Was ihn verwirrt und so befangen macht,
Bei solcher Jugend ist das zu begreifen!

Hernandez.

Mög' die Erinnerung an diese Stunde
Euch gegenwärtig sein und ewig bleiben
So lange Ihr auf dieser Erde wohnt.
Wohl ist er schwer, der Eid, den Ihr geleistet,
Doch ist er nöthig um Verrath zu bannen,
Denn keinem Menschen kann in's Herz man seh'n.
Gleichwohl ist unser Thun ein reines, frommes
Und brauchte somit nicht das Licht zu scheuen:
Doch allzuheller Glanz verwirrt den Blick
Und läßt in uns'rer Zeiten Dunkelheit
Dem Aufgeklärten selbst, wird unbereitet
Die Binde plötzlich ihm vom Aug' gezogen,
Der Wahrheit Macht in solcher Größ' erscheinen,
Daß leicht des Sinnes Ebenmaß verrücken
Und sich der stärkste Geist bereden könnte,
Daß mehr in uns'res Tempels Raum zu finden
Als der Erbauer selbst hinein gelegt. —
Noch trägt die Gegenwart der Duldung Zeichen,
Der Menschenliebe nicht an ihrer Stirn.
Unsel'ger Mißverstand der reinsten Lehre
Des heil'gen Gottessohns, verdunkelt Geister,
In deren Herzen gleichwohl lichte Flammen

4*

Für Menschenwohl und Völkerglück erglüh'n.
Und nicht begreifen sie, daß Christ und Jude,
Daß auch der Heide eines Schöpfers Werk,
Des Herz in unbegrenzter Vatergüte
In voller Liebe allen Menschen schlägt.
— In uns'rer stillen Abgeschiedenheit
Ist der Verrath wohl nicht so leicht zu fürchten;
Doch in dem Kreise, dem Ihr angehört,
Ließ eher wohl sich der Verräther finden,
Der an die große Feindin freien Denkens,
Die Kirche, unser stilles Thun verräth. —
Jetzt, bei dem herrschenden Vernichtungskriege,
Den Rom und seine Kirche gegen Alle,
Die anders nur wie sie zu denken wagen,
In blindem Fanatismus schrecklich führt,
Wird des Zeloten leicht getäuschtes Auge
In Menschenbrüdern — Glaubensfeinde
                              seh'n. —
Im Reich des Aberglaubens und der Mönche
Wird schwerlich man so rasch begreifen lernen,
Daß man ein Christ und Menschenfreund zugleich,
Ein Weltenbürger sein und bleiben kann,
Auch wenn man Gott in and'rer Weise ehrt.
D'rum bleib der Schwur Euch immerdar gewärtig
Wenn Neugier, Schwatzsucht in gefäll'ger Hülle,
Dabei die Schlange in dem sünd'gen Busen,
Ein Weib sich dem Geheimniß lüstern naht.
Gefallsucht und Eroberungsgier der Frauen,
Die Buhlkunst und der Liebe Heuchelei,

Sie zählen mit zu jenen würd'gen Mitteln,
Die durch den hohen Zweck geheiligt werden.
— Doch ernstlich scheinet Ihr mir krank zu sein,
Mich dünkt, die Kniee brechen Euch zusammen
Und kalter Schweiß bedecket Eure Stirn.

Juana

(reicht ihm beide Hände, reißt sich dann plötzlich los).

Habt gute Nacht! (Eilt rasch hinten links ab.)

Prior.

Er muß zur Ruhe gehen,
Nach unserem Zelte will ich ihn geleiten.

(Geht ein paar Schritte, kommt dann zurück und reicht ihm
die Hand.)

So jung er auch, er weiß den Eid zu halten!
Laßt Mißtrau'n gegen ihn nicht in Euch keimen
Und sollt' Euch von Verrath und Tücke träumen,
So sind's, im Licht besehen, Truggestalten!

(Ab, Juana nach.)

III. Scene.

Hernandez

(nach einer Pause).

Des Mannes Händedruck war kalt wie Eis
Und seine Augen, wenn auch unbeweglich,
Sie bohrten sich gleich einem spitzen Pfeile
In des erschreckten Herzens tiefsten Raum.

War es wohl klug, daß ich zu rasch vertraute
Und sorglich lange Prüfung diesmal mied?
Er nannte sich des Prinzen treuesten Freund
Und also stand es in dem Brief zu lesen,
Den mir Henrique seinetwegen schrieb;
Und diesen jüngern Mann nannt' er den Menschen,
Der ihm am nächsten auf der Erde steht.
Hätt' ich mich übereilt? O nein, doch! Nein!
Auf Rechnung seiner Jugend ist's zu schreiben
Und auf den Eindruck, den gewaltigen,
Den er in ernster Stunde hier empfand,
Wenn er verstört und eiligst jetzt entfloh! —
— Bei seinem Anblick tauchten liebe Bilder
Aus längstvergang'nen Zeiten wieder auf;
Nur wußte ich nicht gleich, woran die Züge
Des zarten Jünglings mich erinnerten
Und als er eben jetzt die Hand mir reichte
Und scheu sein Blick zu meinem sich erhob,
Empfand ein Weh ich im gepreßten Herzen,
Wie einmal schon im Leben ich's gefühlt,
Als von der Heimat, von Algarvien scheidend
Der Trennung Weh ich schmerzlich tief empfand.
— Doch nicht allein die Trennung von dem
                    Lande,
Das meiner Kindheit frohe Spiele sah,
Erzeugte diesen tiefempfundenen Schmerz! —
Gedenkend meiner ersten einz'gen Liebe,
Die jemals für ein Weib in mir entflammte,
Zog mich's gebroch'nen Herzens über's Meer.

Ein solch' Gefühl beschlich mich eben wieder
Als mir Juan, der Jüngling —
(jäh von einem Gedanken erfaßt, aufschreiend.)
ja das ist's
Juan! Juana!! er trägt ihre Züge!
Ja, ja, das war's! wie konnt' ich's übersehen!
Es sind die theuren, ach so holden Züge
Des einst so heiß geliebten theuren Wesens,
Das mich um alles Glück auf Erden trog.
Kann es nur sein, daß so sich Menschen gleichen?
Ja, auch der Stimme Ton, er glich dem ihren!
Sollt er ein Diolores und der Bruder
Juana's, jener stolzen Schönen sein?
Doch war, als ich im Wald bei Faro lebte
Und Villa Diolores oft besuchte,
Von einem zweiten Kinde nie die Rede!
Jetzt reut's mich fast, daß ich um seinen Namen
Und seine Herkunft ihn nicht ernst befragte;
Doch morgen wird Gonçalvez ja erwartet
Von Boavista, wo er landen mußte,
Um jene Insel näher zu erforschen.
Er kann und wird mir über jene Beiden
Die richtigste und beste Auskunft geben!
Sieh da, Joam, Du gingst noch nicht zur Ruh'?

IV. Scene.

Hernandez. Joam v. S. R.

Joam.

Die Nacht ist wunderschön; die milde Kühle,
Sie lockte mich aus meinem Zelt hervor

Und eben wollte ich zur Felsenplatte
Die Schritte langsam lenken, um hinaus
In das unendlich tiefe Blau zu blicken,
Das unter mir und über mir sich breitet
Und dann am End' des uns gezog'nen Kreises
In lichtern Tönen weich zusammenschmilzt.
Ach herrlich sind die Nächte dieser Zone,
Wenn nach des Tages glühend heißer Schwüle,
Sanft fächelnd uns die leichte Meeresbrise
So wie der Insel Palmenhain umspielt!
Wenn dann am hochgewölbten Himmelsbogen
Der ew'gen Sterne wunderbare Bilder
Hellglänzend vom Azur der mächt'gen Decke
Hervor sich heben und des Mondes Sichel
Bescheiden sich vor ihrer Pracht verbirgt; —
Da fühlt man erst den süß geheimen Zauber,
Der in der Welt des ew'gen Sonnenscheins,
Im Reich des Friedens und der Menschenliebe
Des Eilands Einsamkeit und uns umschließt.

Hernandez.

Und wenn ich Dich Du Treugeliebter sehe
In dieses Edens Glück erfülltem Hain,
Wenn ich in's Aug' dem theuren Freunde blicke
Und durch das Auge in die Seele schau,
(Die rein und klar, so wie der blaue Aether,
In dem der Sterne ungezähltes Heer
Sich seit Aeonen spiegelt, vor mir liegt;)
Dann fühl' ich höchstes menschliches Entzücken,

Dann jubelt meine Seele froh gerührt:
Es konnte Gott mich höher nicht beglücken,
Als daß sein Wille mich hierher geführt.
Der wahren Frömmigkeit tiefernste Schauer
Hier dringen sie in uns're Herzen ein
Und in der Freundschaft ungetrübter Dauer,
Erfüllt mit Lust es mich ein Mensch zu sein!

Joam.

O wer so recht aus ganzer, voller Seele
Die heil'ge Friedensruhe mitgenießen
Und Dir an Geistesgröße gleichzustehen
Annähernd nur von sich behaupten kann;
Den acht' ich glücklich. Ich nur darf es nicht.
Von allen Brüdern uns'res Bunds allein,
Schätz ich mich unwerth nur Dir nah zu sein.

Hernandez.

Wie schmerzest Du mich tief durch solche Worte
Und nicht verdiene ich so herben Spott.
Du weißt es nur zu gut, daß unter Allen,
Die lang mit uns auf dieser Insel wohnen,
Du mir der Liebste warst und es auch bliebst.
Zu Dir fühlt' ich mich mächtig hingezogen
Als Gottes Wille mich dazu erlesen
Ein Menschenleben aus dem Meer zu retten,
In dem ich mir den liebsten Freund gewann!
Erinnerst Du Dich noch der Schreckensstunde,

Als unser Schiff geborsten hier am Strand?
Ergeben in mein Los, das ich als Fügung
Des Himmels achtete, sprang ich hinunter
In's aufgebäumte, wilde Fluthengrab!
Und ohne Hoffnung jemals noch zu sehen
Der holden Sonne strahlend Himmelslicht,
Ließ ich mich willenlos von Wellen tragen. —
Da plötzlich warf ein voller Mondesstrahl
Sein Licht für einen Augenblick herab,
Und aus dem Wasser tauchte neben mir
Ein weißer Arm und ein versteinert Antlitz,
Geschloss'nen Auges aus dem Gischt empor.
Zu gleicher Zeit erblick' ich in der Nähe
Die Insel hier mit ihrem Palmenwald
Und neu belebt griff ich mit starkem Arme,
Nachdem ich vorher schon den Deinen faßte,
Jetzt muthig ringend in die Wogen ein,
Die gleich darauf uns an das Ufer warfen.
Ich trug zu dieser Stelle Dich herauf,
Die mir seitdem der liebste Ruhesitz
Und hier schlugst Du auch bald in meinen Armen,
Zu neuem Leben Deine Augen auf.
An meinem Halse lagst Du lang wie träumend
Und schautest unverwandt mir ins Gesicht.
Bis ich Dich fragte: lebst Du? kennst Du mich?
Da zucktest Du in meinem Arm zusammen,
Dein liebes Angesicht umlohten Flammen;
Dann sprachst Du und der Wangen Röthe wich:
Ich lebe — ja Alvao — nur für Dich! —

Joam.

Wie sollte ich des Augenblicks vergessen,
Da ich in Deinem Arme aufgewacht!?
So viele Jahre mir noch zugemessen,
So lang die Sonne meinem Dasein lacht,
Nie wird mein dankbar Herz für Dich erkalten,
Mein Leben setz' ich freudig für Dich ein,
Und Deine Bruderlieb' mir zu erhalten,
Soll meines Lebens Zweck und Aufgab' sein.

Hernandez.

Und dennoch kann ich häufig nicht verstehen
Und ich bekenne Dir, es kränkt mich fast,
Daß Du in Stunden, wo das Hochgefühl
Der heil'gen Freundschaft, die uns treu verbündet,
Mich drängt in meine Arme Dich zu schließen
Und Brust an Brust die Wonne zu genießen,
Du immer frostig, kalt mich von Dir drängst.
Die Lieb' zum Weibe hatt' ich abgeschworen
Schon, eh dieß Eiland ich mit Dir betrat
Und uns'res Bundes Satzung, die ich selbst
Mit gutem Vorbedacht in's Leben rief,
Verbietet uns, den Meistern uns'rer Lehre,
(Den Hohenpriestern unseres heil'gen Tempels)
Je einem Weib in Liebe noch zu nahen.
Doch da die Außenwelt voll Falschheit, Tücke —
Wir Hohenpriester auch nur Menschen sind,
So stellt' ich selbst als strenge Regel auf,
Daß nie ein Weib die Insel soll betreten

Und unsern lautern Sinn beirren mag!
Doch weil wir dieser Liebe frei entsagten,
So schließet unser Herz nur um so fester
Sich an die Freundschaft, an den Bruder an!
Wohl bin ich überzeugt, daß Du mich liebst
Mit gleicher Zärtlichkeit wie ich Dich liebe,
Doch Ausdruck niemals gibst Du dem Gefühl.
Und selten nicht, ja eben sah ich's wieder,
Wenn hochenzückt Du unser einfach Leben
Auf dieses Eilands glückerfülltem Raum
Nur erst gepriesen — dann verdüstern plötzlich
Gleich trüben Wolken, graumumflorte Schatten
Dein sonst so heiter strahlend Angesicht! —
Was mir ein Räthsel schon am ersten Tage
Nachdem ich Dir, zum Leben neu erwacht,
Den Bruderkuß auf scheue Lippen drückte;
Das ist mir heute immer noch ein Räthsel,
Zu dessen Lösung mir der Schlüssel fehlt. —
Hast Du geheimen Kummer? laß mich's wissen,
Wem auf der Erde könntest Du vertrauen,
Wenn Du dem treusten Freunde — mir nicht
                           traust?

Joam

(gezwungen freundlich).

Wie magst Du zweifeln nur an meiner Liebe?
Sei dessen sicher, wenn ich Kummer hätte,
So würde ich ihn Dir zunächst vertrau'n!

Doch ist's nicht so. Komm laß uns niedersitzen
Und laß von anderm, wichtiger'm uns reden.

(Sitzend.)

Gonçalvez kehrt uns morgen also wieder?
O das ist schön! Da kann ich wieder plaudern
Von unseren Thälern, unsern dunklen Wäldern,
Von unseren Burgen an Algarviens Strand.

Hernandez.

Wie immer, wenn wie jetzt ich das Gespräch
Auf das, was mich an Dir bekümmert lenke,
Gleich springst Du ab! doch diesmal dank ich Dir,
Daß die Erinn'rung an die alte Heimat
Du plötzlich wieder in mir aufgewühlt.
Ich möchte eine Frage an Dich richten,
Die mich beschäftigte als Du mich trafst.
Sag' mir, was denkst Du über jene Beiden,
Die heute unsres Bundes Weih empfingen?

Joam.

Was soll ich denken, Meister? jene Briefe,
Die von Henrique sie dem Prinzen brachten,
Sie bürgen Dir für Ihre Ehrlichkeit.
Gleichwohl —

Hernandez.

Du stockst? ich bitte sprich Dich aus!
Gleichwohl? —

Joam.

Ich weiß nicht, ob Du recht gethan
Sie, ohne erst Gonçalvez zu befragen,

Allein nur auf ein Schreiben des Infanten
Als Brüder unserem Bunde anzureihen.
Wenn nun der Brief gefälscht —?

Hernandez
(aufspringend).

Halt' ein Unsel'ger!
Welch' einen Argwohn gießest frevelnd Du
In meine reine glaubensvolle Seele?
Zwei Männer, die von weit entferntem Strand
Algarviens hieher die Reise wagten,
Nur von Gonçalvez Schilderung gespornt
Und mit Empfehlungen des Mannes verseh'n,
Der nach Fernando, seinem liebsten Bruder,
Der Nächste mir zu meinem Herzen stand —,
Die sollten sich der Mühsal, den Gefahren
Aus freiem Antrieb unterzogen haben
Aus müß'ger Neugier nur und Tollkühnheit?
Und wußt' Gonçalvez nicht um ihre Seefahrt?
Mußt' er nicht auch der Reise Ursach' kennen?
Und würde er, deß Freundschaft ich erprobte,
Der Noth, Entbehrung, Zelt und Lager theilte
Mit mir beim Sturm auf Ceuta und auf Tanger,
Es jemals dulden, daß sich Feinde nahen
Der stillen Insel der Glückseligkeit,
Ohn' uns zum mindesten davor zu warnen?
Ja würde er, der Schiffe Haupt und Führer,
Ein Segel, ihm voraus zur Insel schicken,
Das uns die bald'ge Ankunft melden soll,

Wenn er an deſſen Bord Verräther wüßte?
Wie kommt in Deine reine freie Seele
Solch' herber Zweifel, finſterer Verdacht? —

Joam.

O zürne nicht! ſelbſt weiß ich's nicht zu deuten!
Doch haſt Du Recht und ſehr beruhigt's mich,
Was von Gonçalvez Du ſoeben ſagteſt!
Das iſt gewiß! er wär' zuerſt gekommen,
Wär' von der beiden Fremden Redlichkeit
Er tief im Innerſten nicht überzeugt.

Hernandez.

Da ſiehſt Du nun! wer wird ſo leicht mißtrauen?
Des neuen Bruders Stirn zeigt Feſtigkeit,
Und Muth und Feſtigkeit ſpricht aus den Blicken.
Und aus des Jüngern holden, ſchönen Zügen
Spricht Unſchuld, Herzensreinheit fromm Dich an.
(Pauſe.)

Dir hab ich es vertraut, ſonſt weiß es Niemand,
Daß einmal ſchon im Leben ich geliebt.
Doch Gegenlieb' vermocht ich nicht zu wecken
Und ſtill mußt' ich den bitter'n Gram verwinden
Und meine Liebe ungehört begraben.
Seit ich vor Jahren ſchon in Deine Bruſt
Mein ſchwer gepreßtes Herz vertrauend legte,
Seitdem zog milder Troſt in dieſes ein.
Längſt ſchon gedachte ich nicht mehr des Weibes,
Das ehedem den Jüngling hoch entzückt,

Doch g'rade heute, als ich i h n erblickte,
Den jüngsten Bruder uns'res Menschenbund's;
Da trat mit einem Mal ein Weh mich an,
Wie ich's seit jenem Tage nicht empfunden,
Da ich zum letztenmal in's Aug' ihr sah.
Und nun ist mir das Schmerzgefühl erklärt;
Er ähnelt ihr, als ob's der Bruder wäre,
Sogar der Stimme Klang, es ist der ihre.
Und seit mir dieses klar, bin ich nicht ruhig;
Erinn'rung, die so lang in mir geschlafen,
Wacht jetzt in frischen Farben blendend auf.

(Joam springt auf und geht an ihm vorüber.)
Was hast Du? was bewegt Dich heut' so seltsam?

Joam.

Nichts, nichts! mir war nur — hörtest Du jetzt nichts?
Mir war, als wenn ich Ruderschlag vernähme!

Hernandez.

Ich hörte nichts; was wäre es auch weiter?
Ist's doch unmöglich nicht, daß uns're Brüder,
Des Mondes helles Silberlicht benützend
Sowie die milde Kühle dieser Nacht,
In unserm Boot die Insel noch umkreisten.
Und sieh' — so wie ich dachte — ist es auch,
Hier steigt Bartolemeu, der nimmer Müde
Vom Meeresufer schon zu uns herauf.

Joam.

Und auch Loango kommt? Das ist kein Zufall!
Mein Bruder sprich, was führt so spät Dich her?

V. Scene.
Vorige. Bartolemeu. Loango.

Bartolemeu.

Ich suchte Meister, Dich! Und schliefst Du schon,
So hätt' ich Dich geweckt, denn wicht'ge Botschaft
Hab' ich für Dich!

Hernandez.

Ich staune um so mehr,
Als Dich Loango noch so spät begleitet,
Deß Weib und Kind ihn doch wohl längst erwarten;
Was ist es, das ihr mir zu künden habt?

Bartolemeu.

Ich saß nach meiner altgewohnten Weise
Am Uferabhang, wo die Palmen steh'n
Und schaute sinnend in die klare Fluth,
In welcher sich das Mondlicht funkelnd spiegelt!
Als eben sich im kleinen Rindenboote
Loango leise dieser Stelle nahte,
Die ihm wie euch seit Jahren schon bekannt. —
Er wußte, daß er dort mich finden würde.
Wohl staunte ich wie Du ob seines Kommens,

5

Doch mehr noch staunte ich ob jener Kunde,
Die er, als treuer Bruder unsres Bundes,
In lobenswerthem Eifer überbracht.
Erzähl' mein Bruder selbst, was Du gesehen
Und sei Dir jedes Umstands wohl bewußt.

Loango.

Des mir gewordenen Befehl's gedenkend,
Erwartet' ich die beiden neuen Brüder
An dem für sie bestimmten kleinen Zelt —
Zu fragen, ob sie sich damit begnügen
Für diese Nacht; wenn nicht, so stell' der Meister
Zur Ueberfahrt mich ihnen zu Gebot.
Sie aber lehnten meine Dienste ab,
Nachdem zu bleiben sie sich schon entschlossen
Und unverweilt eilt ich nach meinem Kahn,
Damit ich ihn vom Sand in's Wasser schiebe. —
Doch ehe ich noch dies Geschäft beendet,
Vernahm ich in nicht allzugroßer Ferne,
Wenn leise auch, doch scharfe Ruderschläge;
Sofort sprang ich vom Ufersrand zurück
Und barg mich rasch im dunklen Blätterdickicht. —
Da glitt jetzt hart an mir vorbei ein Kahn,
Geführt von zween weißen Ruderknechten
Und in dem Kahne saß der jüng're Bruder
Das Antlitz in die zarten Hände bergend:
Der Größ're aber stand im Boote aufrecht
Und sah gespannt auf diesen Vorsprung hin,
Von wo des Ordens weiße Fahne weht.

Hernandez.

Und sahst Du recht? Und waren es Matrosen
Vom Schiffe, das dort auf der Rhede liegt?

Bartolemeu.

Loango heißt bei seinem Volk: das A u g e!
Man kann ihn wahrlich nicht der Blindheit zeih'n.

Loango.

Ich sehe scharf! es waren weiße Männer!
Sofort auch regte sich in mir Verdacht. —
Warum, wenn Böses nicht in ihnen wohnte,
Warum belogen sie den schwarzen Bruder,
Der ihnen seine Dienste angeboten?
Rasch und geräuschlos auf dem Boden kriechend
Bracht' ich mein kleines Rindenboot in See;
Und seitwärts ihrem Kiel, damit mich nicht
Des Mondes funkelnd Spielen auf den Wellen
Den weißen Männern alsobald verriethe,
Fuhr ich in kleinem Bogen rasch vorbei
Und landete schon drüben an der Insel,
Als ferne noch ihr Boot im Meere schwamm.
Ich hatte Zeit mein Fahrzeug zu versorgen
Und dann nach jenem prächt'gen Zelt zu eilen,
Das man am Strande, wo ihr Schiff vor Anker
Seit wenig Tagen liegt, hat aufgerichtet.
Der Wache Blick war nach dem Schiff gewendet
Und lautlos lag ich unter grünen Blättern,
Die dort im reichen Maß den Boden decken

5*

Und hob des Zeltes leichte, bunte Wand
So weit empor, daß ich in's Inn're sehen
Und jedes leise Wort vernehmen konnte.
Bald traten auch die beiden Männer ein. —
Der Aelt're gab den weißen Ruderknechten
Befehl, am Strande mit dem Boot zu warten,
Weil er zur Nacht an Bord des Schiffes ging.
Der Jüng're aber warf sich auf ein Lager
Und weint' und schluchzte, schrie und rang die Hände
Und konnte lang dem Mann nicht Antwort geben,
Der öfters schon die Frag' an ihn gerichtet:
Ob er für ihn Befehle etwa habe?
Der Jüngling rief dann plötzlich: O Alvao!
Du armer Freund, für Dich ist keine Hoffnung,
Du bist verloren und Du ahnst es nicht!

Joam.

Barmherz'ger Gott, mein Argwohn war gerecht!

Hernandez.

„Du bist verloren und Du ahnst es nicht?"
Du hörtest recht, daß er Alvao sagte?

Loango.

Kein Laut entging mir als ich lag und lauschte.

Hernandez.

Und hörtest Du auch, was der And're sprach?

Loango.

Der sprach nicht mehr; er ging nach einem Pfosten
Und nahm von einem eingeschlag'nen Nagel
Ein wie ein Kreuz geformtes Bild von Holz
Und hielt es vor des Jüng'ren Angesicht,
Der seinerseits es nahm und brünstig küßte.
Der Aelt're legte seine rechte Hand
Auf seinen Kopf und sprach noch ein'ge Worte
In and'rer Sprache, die mir unbekannt.
Alsdann verließ er rasch das Zelt; ich kroch,
In diesem Augenblick geschwind hervor
Und als sein Boot dem Schiff entgegeneilte,
Des Zeltes Wachen aber ehrfurchtsvoll
Die Waffen senkten vor dem finst'ren Mann,
Enteilt' ich unbemerkt zu meinem Kahne
Und ruderte mit allen Leibeskräften,
So rasch als möglich diesem Eiland zu,
Um Dir die Botschaft ungesäumt zu bringen.
Ich rede wahr bei uns'rem heil'gen Schwur.

Bartolemeo.

Was sagst Du, Meister? klingt das nicht gefährlich?
Was hältst Du von dem fremden, großen Mann,
Vor dem sich ehrfurchtsvoll die Waffen senken?
Und jene Worte einer fremden Sprache,
Die dieser Ehrenmann hier nicht verstand,
Das war Latein! er gab ihm seinen Segen!
Was denkst Du? sollt' es nicht ein Priester sein?

Joam.

Ogroßer Gott! wir alle sind verrathen!
Gonçalvez selber hat sie hergesandt.
Wenn er, der treue, der erprobte Freund
So allen Glauben täuscht, wem ist zu trauen
Dann auf der weiten Fläche dieser Welt?

Hernandez.

Du mahnst zu guter Zeit! Wem wär' zu trauen,
Wenn ihm, dem Edeln nicht zu glauben wär'?
Ich aber bau' auf seine Redlichkeit
Und seine Treue, wie auf Gott ich baue
Und scheuche jede Furcht und Bangigkeit.
Ich hab' als höchster Meister uns'res Tempels,
Im Einverständnisse mit meinen Brüdern,
Die beiden aufgenommen in den Bund.
Das war mein Recht und recht hab' ich gehandelt,
Wenn im Vertrauen auf des Prinzen Wort,
Ich sie nicht erst nach Stand und Namen fragte.
Doch wenn in bester Absicht ich gefehlt,
Daß allzuleicht vertrauend und zu rasch
Nach eu'rer Meinung ich gehandelt habe,
So will ich eilen, den vermeinten Fehler
Sofort zu sühnen, wenn es Zeit noch ist!
Loango, kehr' zu Deiner Insel wieder,
Erwarte mich in früher Morgenstunde
In Deiner Hütte; Du allein geleitest
Mich dann zu jenem Zelt! — Wahrt eu're Zunge,
Daß der durch nichts bestätigte Verdacht,

Nicht auf den beiden Inseln Furcht errege
Und meine wohlbedachten Pläne kreuzen
Und sie dem Feind — wär er's — verrathen könnte.
Gonçalvez trifft vielleicht in wenig Stunden
Schon auf der Rhede drüben bei euch ein;
Ich bin dann gleich zur Stelle, wenn er landet
Und werde klar in dieser Sache seh'n.
Nur kurze Zeit will ich der Ruhe pflegen
Um unbekanntem Uebel fest zu steh'n.
Noch hoff' ich, daß der Sturm sich friedlich lege,
Inbrünstig will ich es von Gott erfleh'n.
Doch sollt' der Argwohn zur Gewißheit reifen,
Sollt feindlich nahen uns die Lügenbrut,
So werden Brüder, wir das Schwert ergreifen
Für unsern Glauben, unser höchstes Gut!

(Ab nach Seite rechts.)

VI. Scene.

Vorige ohne Hernandez.

Joam

(sinkt still weinend auf den Rasenhügel nieder.)

Bartolemeu

(halblaut zu Loango).

Geh' denn Loango und mit bestem Danke,
Daß Deine Vorsicht uns vor Schaden wahrt'.
Wenn alle Brüder so getreu dem Bunde,
Dann ist er sicher stets vor Hochverrath! —

Doch für die noch geblieb'nen wenig Stunden
Magst Du der wohlverdienten Ruhe pflegen;
Und siehst in Kurzem Du ein einsam Boot
Im Mondenschein zum Schiff hinübergleiten,
So mußt Du Dir dabei nichts Arges denken,
Denn das bin ich! Ich suche auszuspähen,
Ob noch die heiß ersehnte Caravelle
Von Freund Gonçalvez immer nicht in Sicht!
Gehab Dich wohl und grüße Weib und Kind.

(Verabschieden sich: Loango steigt zum Meere hinab.)

Bartolemeu
(jetzt in großer Aufregung vorkommend).

Joamo, hör', es tritt in ernster Stunde
Dein Freund, dem Du das Theuerste auf Erden,
Zum letztenmal im Leben vor Dich hin
Und bittet Dich mit aufgehob'nen Händen
O kehr' zu ihm zurück, schenk' ihm Dein Herz!
Alvao, der es einst von mir gewendet,
Er ist verloren und der Bund mit ihm!

Joam
(springt auf und starrt ihn an).

Bartolemeu.

Joamo, laß Dich warnen, laß' Dich retten!
Der Augenblick, den ich so viele Jahre
Stets heiß ersehnte, endlich ist er da!
Schon als Gonçalvez uns vor wenig Monden

Auf dieser Insel Raum durch Zufall fand,
Da wär's mein höchster Wunsch, mein Glück gewesen,
Wenn er nach Portugal uns überführte;
Mein Hoffen trog Hernandez' starrer Wille.
Darum beschwor ich seinen Freund Gonçalvez,
Am Hofe des Infanten zu bewirken,
Daß man mit stärk'rer Macht zurückkehre,
Um ihn und uns zum Vaterland zu bringen,
Und gings in Güte nicht, dann mit Gewalt!
Ich mag nicht länger dieses Dasein tragen,
Nicht länger mehr das Fluchgeheimniß hüten,
Das wie ein glühend' Feuer in mir zehrt.
Gelegenheit ist endlich jetzt gekommen,
Und ungenützt darf sie uns nicht entgeh'n.
Wer auch die Fremden sind, das fühl' und seh' ich,
Daß nicht sie kamen nur, um unsres Bundes
Und um der Menschen= und der Bruderliebe,
Um ihres Eintrits in den Orden willen.
Vielmehr daß es Gesandte sind der Kirche,
Daß es Spione sind, die unsre Lehre
In ihres Werdens Keim ersticken sollen.
Ich sag mich von Hernandez los auf immer
Und kehre in der Kirche Schoß zurück.

Joam.

Pfui über Dich und das wagst Du zu sagen
In's Antlitz mir? mir, der ich, wie Du weißt,
Viel eher mich von meinem Leben trenne,
Als daß ich von Hernandez je mich scheide!?

Was ist in seiner Lehre, das die Kirche
Auch nur im mindesten verdammen könnte?!
Sind jene Beiden Sendlinge der Curie
Nun gut, so sehen sie, wenngleich nicht rechtlich,
Was unser Tempel, unser Bund umschließt!
Und besser thäten sie, uns zu beschützen,
Als daß sie feindlich sich entgegenstellen
Dem Orden, der sich stützt auf Menschenthum.
Doch thue, was für Dich Du gut befindest,
Nur warn' ich Dich; gedenke Deines Eids!
Die Folge Deines Thuns kommt über Dich.
Noch sind wir nicht verloren, wenn Du gehst!
Vor allem aber denke des Gelübdes,
Das Du in diese meine Hand geleistet
Und das Dir ew'ges Schweigen auferlegt.

Bartolemeu.

So lang Du mir den Schwur wirst treulich halten,
Den ich dagegen auch von Dir empfing.
Jetzt wird sich's zeigen; nah' ist schon die Stunde!

Joam.

Nie kam ein Wort noch über meine Lippen,
Das mich verrathen konnte ihm und Andern!
Das Gleiche halte ich mich überzeugt,
Geschah' von Dir! Hernandez scheidet nicht,
Deß bin ich sicher, frei von dieser Insel,
Und nimmer gibt er seine Treue auf,
Die er dem Bunde, die er mir gelobte.

So lang dies nicht geschieht, so lang ist Schweigen
Durch einen Eidschwur fest Dir auferlegt!
Was nützte es Dir auch, brächst Du den Eid?
Du würdest sicher nichts bei mir erreichen.
In jedem Falle, ob Gewalt uns scheidet,
Ob frei er auch verzichten müßt' auf mich —
Du würdest mich gewiß nicht wiedersehen!
In beiden Fällen nimmt mich auf das Grab.

Bartolemeu.

Joanno sei barmherzig! Denk der Tage,
Die glücklich in der Heimat wir verlebten!
Wo Deine Freundschaft, Deine treue Neigung
Mich unter Allen nur allein beglückt'.
O' Fluch der Stunde, wo wir abgesprochen,
Daß Du mich auf der Fahrt begleiten solltest,
Nie hätten sich die unheilvollen Augen
Des schönen Schwärmers in Dein Herz gebohrt.
Warum ließ das Geschick mich nicht ertrinken,
Als unser Schiff an diesem Strande brach?
Warum mußt' ich Dich lebend wiederfinden,
Der zwiefach todt für mich seit jenem Tag!

Joam.

So sprech' auch ich: warum mußt' er mich retten,
Vorbei wär Alles — Kummer, Pein und Harm!
Gefesselt bin ich fest an schwere Ketten,
Seit ich erwacht' zum Licht in seinem Arm.
Mein Leben ist gleich Deinem längst vernichtet,

Und all' was Du erleidest, litt auch ich!
Dem Bunde hab' ich heilig mich verpflichtet,
Und wie für ihn bin Bruder ich für D i ch.

Bartolemeu.

Und wirst Du B r u d e r nur für ihn auch b l e i b e n,
Selbst wenn ich fern im Heimatlande bin?

Joam.

Gewiß! was sonst? Du weißt, was dem entgegen,
Daß ich ihm jemals m e h r als solcher bin.

Bartolemeu.

Gesetze stößt man um! wer wird ihn hindern?
Die Brüder würden selbst darob sich freu'n!

Joam.

Wär' er aus so gemeinem Stoff geschaffen
Wie Du und sie vielleicht, dann könnt' es sein!

Bartolemeu.

Joamo reiz' mich nicht, bei meinem Leben!
Verachtung trag' ich nicht, es könnt' Dich reu'n.

Joam.

Hätt'st Du gleich einem Manne Dich benommen,
Und Dich gefunden in das Fluchgeschick,
Dem ich doch selbst und mehr verfallen bin,
Ich hätte Dich geachtet und geehret!

Dein stummes Dulden hätte mich ergriffen
Und einem Märtyrer Dich gleich gestellt.
Du aber hast mein Leben mir vergällt!
Denn in den langen — schönen Leidensjahren,
Die seine Bruderliebe mir versüßte,
Ist nicht ein Tag, nicht eine Stund' vergangen,
Wo Du mich an das Unheil nicht gemahnt,
Das über mich und Andre ich gebracht!
Ja sahst Du nur, daß freundlich meine Blicke
Auf einer Blume, einem Vogel ruhten,
Rasch drängtest Du Dein strafend Aug' dazwischen
Und um die kleine Freude war's gethan!

Bartolemeu.

Und durft' ich's nicht und mußt' ich Dich nicht mahnen
An mich, der schuldlos doch dies alles litt?!
Was hab' ich denn gethan, daß du mich hassen,
Daß Du den Menschenbruder lieben mußt?
Sollt' ich mit meines Herzens bitt'ren Qualen
Wohl Freude heucheln, mußt' ich Zeuge sein
Wie hochbeglückt des Feindes Augen strahlen,
Trifft er Dich hier im stillen Palmenhain?
Das kann der Mensch vom Menschen nicht begehren!
Entsagen konnt' ich, mußt' ich meinem Glück;
Doch wie mein armes Herz muß Freud' entbehren,
So scheuch' ich auch von Deinem sie zurück.

Joam.

Geh' aus dem Wege mir! die heil'ge Lehre
Der Bruder= und der reinsten Menschenliebe,

Sie fielen wie der holde Frühlingstau
Auf einen sonnverbrannten heißen Stein.
Laß mich vorbei, mein Geist bedarf der Ruhe,
Denn schwere Tage, fürcht' ich, kommen nach!
Thu' was Du willst! noch haßte ich Dich nicht,
Obgleich Du meine Liebe längst verscherzt!
Doch wenn, nach dem was ich von Dir vernommen,
Was selber mir Dein Haß geoffenbart,
Du jemals in die reine Bruderhand,
Die sich vertrauend Dir entgegenstreckt,
Die Deine legst, so werde ich vergessen,
Wie nahe ich einst Deinem Herzen stand,
Und Dich mit Blicken der Verachtung messen,
Für Deinen Unwerth sich're Unterpfand.

Bartolemeo

(sieht ihn wild an, hebt drohend die Hand, stampft mit dem
Fuße und stürzt dann in wilder Erregung nach hinten ab).

VII. Scene.

Joam.

Unseliger fahr' hin! kehr' niemals wieder! —
Daß mein Gelöbniß ich Dir fest bewahre,
Braucht's Deines Aufenthalt's bei Brüdern nicht.
Sein rauhes Wesen hat ihn mir entfremdet,
Schon als im Vaterlande wir noch weilten.
Das Einz'ge, was mich zu dem Menschen zog,
War, daß er meine arme alte Mutter,

Als sie in Elend sich und Noth befand,
Nach seinen Kräften redlich unterstützte.
Doch war's nicht mehr als seine Schuldigkeit,
Denn meine Mutter war ja auch die seine;
Die den verwaisten armen Nachbarsohn,
Als Niemand sich des ungebehrd'gen Knaben
Erbarmen wollte, in die Arme nahm,
Und trotz der Armuth, die im Hause herrschte,
Ihn gleich dem eignen Kinde auferzog.
Er ging zur See und als er wiederkehrte,
War ich allein, denn meine Mutter starb. —
Leicht wurde es dem einst'gen Pflegebruder
Mich zu bereden, daß ich mit ihm zog,
Um mit Hernandez neues Land zu suchen.
Ach' nur zu leicht! denn schon war dieser Mann
In meinem Herzen dauernd eingekehrt.
O' hätt' ich nie sein liebes Aug' gesehen,
Hätt' nie der blinde Taumel mich erfaßt;
Um meines Lebens Frieden war's geschehen,
Schon ehe mich im Meer sein Arm gefaßt.
Doch aller Kummer, alle Leiden schwinden,
Denk' ich an jenen süßen Augeblick,
Als ich die reinste Seligkeit empfinden
Und jauchzend danken durfte dem Geschick!
  Hier war es hier, geheiligt ist der Ort,
    Wo seine Arme,
    Die männlich starken,
    Mich warm umfingen;
    Wo meine Augen,

Die neu erwachten,
An seinen hingen;
Wo seiner Lippen
Wonniger Kuß
In's Leben mich rief
Mit seligem Gruß.
Kein and'rer Gedanke,
Als Dein nur zu sein,
Drang in die Sinne,
Die Seele mir ein!
Ach, alles Vergangne,
Ich hatt' es vergessen,
Das Leid war geschwunden,
Da ihn ich besessen!

Hoch jauchzte die Seele in trunkener Lust
Und Freude und Liebe erfüllten die Brust.

Doch dieser Wonne reinstes Hochempfinden
Riß rauh' entzwei ein wilder, greller Ton.
O' daß mein hohes Glück so bald mußt' schwinden,
Dem Himmel klag' ich's all' die Jahre schon!
Nichts blieb mir übrig von der einz'gen Stunde,
Die mir der Erde höchstes Glück gebracht,
Als die Erinn'rung und die Todeswunde,
Die nicht vernarben will seit jener Nacht.

Es stockte der Pulse
Hochfliegender Schlag!
Und alle die Schmerzen,

Die duldend ich trag,
Sie wurzeln in jenem
Erschreckenden Wort,
Das mißtönend schallte
Am heiligen Ort.
Es flohen die Götter
Den seligen Hain,
Ich blieb mit gebrochenem
Herzen allein!

Angstvoll steh ich zwischen beiden
Männern, gleich dem scheuen Reh!
Such' den Einen ich zu meiden,
Ich dem Andern nicht entgeh'!
Tief geheim muß ich verschließen
In des Wesens tiefstem Kern,
Daß die Thränen endlos fließen,
Trübend meiner Augen Stern.
Weil er, den ich glühend liebe,
Dem mein ganzes Sein gehört,
Mich aus seiner Nähe triebe,
Ahnt' er nur, daß er bethört.
Ach' und müßte er mich fliehen,
Wär' sein Lebensglück verraucht,
Alles was ihm Gott verliehen
Wär' in leere Luft gehaucht. —
Nur zu wahr ist's, daß von Allen,
Denen Lehrer er und Hort,
Keiner würdig ist zu wallen
Mit ihm zu des Tempels Port.

6

Nur daß ich ihn darf begleiten
Auf dem mächt'gen Geisteszug,
Läßt ihn muthig weiterschreiten
Und beschwingt den kühnen Flug.
Darum, was auch kommen möge,
Treibt Verrath mich auch hinaus —
Eh' daß ich von dannen zöge,
Hauchte ich das Leben aus!
Ach bei Dir nur wollt' ich weilen,
Wär's im heißen Wüstensand,
Deine Leiden wollt' ich theilen,
Frei mit Dir am fernsten Strand;
Wär' entlastet ich vom Luge
Und entladen meiner Schuld
Von erzwungenem Betruge,
Der Dich listig eingelullt! —
Darfst den Freund nur in mir schauen,
Nur den Bruder in mir seh'n!
Nie darf ich Dir anvertrauen,
Daß mein Herz wird still vergeh'n. —
Dulden will ich, stumm ertragen
All' was Gott mir auferlegt,
Will nicht murren, will nicht klagen,
Tödten was mein Herz bewegt —
Kannst nur Du zufrieden leben,
Glücklich, unbeirrt im Sinn
Bis wir dieser Welt entschweben —
Dann, Geliebter nimm mich hin!

(Vorhang fällt.)

Dritter Akt.

Auf der Nachbarinsel. (Gegend am Meeresufer. Palmen
u. s. w. Links in der zweiten Coulisse ein großes Zelt von
bunten Wollenstoffen. Vor allem ist darauf zu sehen, daß
diese Decoration in Ton und Arrangement wesentlich von
derjenigen des zweiten Aktes abweicht, um der Eintönigkeit
aus dem Wege zu gehen. Hinten etwas entfernt vom
Ufer liegt eine Caravelle vor Anker. — Die Handlung
schließt sich an den zweiten Akt an, es ist also jetzt zwischen
1 und 2 Uhr Nachts.

I. Scene.

Prior und Gonçalvez treten in lebhaftem Gespräche
von Seite R. auf.)

Gonçalvez.

Das war die Meinung nicht Prior von Crato,
Als willig ich die Gattin Euch vertraute,
Auf daß, mit sanftem Worte sie dem Freunde
Den Wunsch des Vaters und des Vaterlandes
Wahrheitsgetreu und sonder Arg verkünde,
Daß Ihr zu frevlem Spiel, zum Hochverrath
Am theuren Freunde sie verleiten solltet. —
Und wahrlich zu bewundern ist die Macht,
Die Eurer Redekunst zum Sieg verholfen,
Daß Antao Gonçalvez junge Gattin

6*

In bester Meinung unser'm Werk zu dienen,
Zu einem Mummenschanz sich brauchen ließ
Und frevelhaft die reine Frauenseele
Mit eines Eides drückend schwerer Bürde
Belastete. — Denn das, mein Herr Perira,
War auch die Meinung des Infanten nicht,
Als er, den leichte Krankheit abgehalten,
Zu seinem Stellvertreter Euch ernannt.
Nehmt mir's nicht krumm, doch habt Ihr noch=
                                    mals Lust
Durch derlei Mittel Euren Zweck zu fördern,
Die, nebenbei bemerkt, ich niedrig nenne —
So nehmt Euch irgend sonst ein Weib dazu,
Das meinige muß für die Ehre danken!

Prior.

Vergeßt, Gonçalvez, nicht mit wem Ihr redet,
Beachtet's wohl und zügelt Eure Zunge!
Was ich gethan, that ich zur Ehre Gottes,
Der Christenheit, des Papst= und Königthums;
Und wenn ich Mittel mir dazu erwählte,
Die Ungeweihten passend nicht erscheinen,
So wird die Kirche sie dafür erkennen
Und deren Anwendung mir gern verzeih'n.
Bei meinem Werk bedurft' ich eines Zeugen,
Gleichgiltig war es nicht, wer dieser sei!
Es war für mich von großer Wichtigkeit,
Daß Eure Gattin selbst sich überzeuge
Vom Frevel, der im Finstern sich vollzieht.

Daß sie sowohl als Tochter ihrem Vater,
Wie ihrem Gatten klar bestät'gen könne:
Es sei der Bund, gestiftet von Hernandez,
Wie dieser selbst dem Scheiterhaufen reif.

Gonçalvez.

Beschütz' mich Gott und alle Heiligen!
Fürwahr, wenn Ihr nicht Dom Perira wäret,
Der hochgepries'ne Prior von San Crato,
Deß finst'rer Sinn im Lande Portugal
Bei Hoch und Niedrig, Alt und Jung bekannt —
Ich wär' versucht an einen Spaß zu glauben!
Was redet Ihr mir da von Scheiterhaufen,
Von finst'rer Frevelthat und solchem Zeug?
Hernandez ist mein Freund und bleibt mir werth
Und wär' die Lehre noch so überspannt,
Die nur die Ausgeburt der Einsamkeit
Zu der das Schicksal und zum Theil der Gram
Um seinen Freund Fernando ihn verdammten.
Wir sind hierhergesandt ihn abzuholen
Und unter Menschen ihn zurückzuführen,
Damit er auch als Mann dem Lande nütze,
Dem er als Jüngling schon so nöthig war!
Und solchen Mann dem Holzstoß überliefern,
Das denkt Ihr, geht nur so? mit Nichten, Herr,
Das zu verhindern (auf sich zeigend) sind wir auch
                                        noch da!

Prior.

Vergeßt nur nicht, daß Vollmacht mir geworden
Vom Könige, nach eigenem Ermessen

In dieser ernsten Sache vorzugeh'n;
Und Euch ist strenge Ordre zugekommen
In meinem frommen Werk mir beizusteh'n
Und meiner Führung Euch zu unterstellen,
Wenn der Erfolg der Sendung es bedingt.
D'rum bitt' ich, sprecht mit mir wie es sich ziemt,
Wie es der Abgesandte eines Königs
Von Portugal, von dessen Dienern allen,
Die seiner Sendung beigegeben sind,
Nicht nur erwarten, sondern fordern darf.
Nicht hätte der Infant mich rufen lassen
Aus meiner einsam stillen Klosternacht,
Wär' er nicht überzeugt, daß ich der Mann
Zur Ausführung des sorglich Ueberdachten,
Wozu er selbst nicht stark genug sich fühlt.

Gonçalvez.

Und sicher hätt' er nicht die eig'ne Tochter
Und deren Gatten, des Hernandez Freund,
Dem starren Kirchenhaupte beigesellt,
Wenn er nicht wollte, daß durch milden Einfluß
Und sanfte Ueberredungskunst, der Held
Von Tanger und von Ceuta rückgewonnen
Und eines Priesters finst'rem Glaubenseifer
Nicht ahnungslos und blind geopfert werde.

Prior.

Ich staune, daß ein solches Wort dem Munde
Des Edelmanns und Christen, sonder Scheu
Und Ueberlegung frevelhaft entschlüpft.

Noch mehr erstaunt es mich, daß Dom Henrique,
Eh' er die Tochter Euch zum Weibe gab,
Nicht einer ernsten Prüfung unterzogen
Den künft'gen Schwiegersohn, ob er im Glauben
Auch fest und stark! denn hätte er gefunden,
Daß Ihr den Feinden unf'rer heil'gen Kirche
Den frechen Widersachern unf'rer Lehre
Mehr zugethan als Rom's geweihten Priestern,
So bin ich fest von dem Gefühl durchdrungen,
Daß er das Glück und Heil des lieben Kindes
Der Obhut nie des Mannes anvertraute,
Um dessen Christenthum es schlecht bestellt!

Gonçalvez.

Was sprecht Ihr da? ich bin ein guter Christ!
Wer besser von uns Beiden ist die Frage!
Ich bin ein Seemann, nehmt mir's d'rum nicht
                                        übel,
Wenn frei vom Herzen ich die Bürde werfe,
Die mich in Eurer Nähe stets bedrückt.
Vom vielen Beten und vom Leib kasteien
War allerdings ich nie ein großer Freund.
Doch darin liegt's auch nicht, das ist mein Trost!
Wohl aber seh' ich Gottes mächt'ge Größe
Und bete ihn in frommer Ehrfurcht an,
Wenn auf dem blauen Meer ich einsam fahre,
Das mich in unabsehbar weitem Kreise
Mit meinem Schifflein, riesenhaft umschlingt.
Noch hat kein Hochamt, sei es noch so hehr,

So mich erfaßt in einer Kirche Raum,
Als wenn bei'm milden Glüh'n der Morgenröthe
Der Sonnenball, die mächt'ge Feuerkugel
Am fernen Horizont der Fluth entsteigt,
Auf deren ungeheuren Riesenfläche
Der Widerschein in gold'nen Funken spielt!
Da seht Ihr, Herr, da falte ich die Hände
Und blicke andachtsvoll zum Himmel auf
Und spreche: lieber Gott, ich danke Dir,
Daß Deine Gnade mich bisher beschützt.
Hälst Du's für gut, so leb' ich gern noch weiter,
Denn Deine Erde Gott ist wunderschön!
Doch hast im weisen Rathe Du beschlossen,
Daß mich, den armen Erdensohn verschlinge
Noch heute, die bis jetzt so stille Fluth —
So bitt' ich Dich, laß es mich nicht entgelten
Wenn ich so spärlich nur zum Beichten ging.
Du kennst mein Herz, Du weißt, ich mein's nicht
                 böse,
Ich hab Dich guter Gott vom Herzen lieb.
Das ist mein Glaube, weiter weiß ich nichts
Und will auch mehr im Leben gar nicht lernen.
Und wenn Hernandez anders denkt wie Ihr
Und seines kühnen Geistes mächt'ger Schwung
Die Grenzen, die dem Christenthum gezogen,
Auch etwas unvorsichtig überspringt —
Mir ist er doch und bleibt's, der liebste Freund.
Ja, könnt' ich wie ich wollte, ließ ich Euch
Statt seiner hier auf dieser schönen Insel

Und schickte Euch, daß Euch die Zeit nicht lang,
Für diesen einen einz'gen Antichristen,
(So wie Ihr gern den braven Denker nennt)
Die ganze Klerisei von Portugal —!
Die könntet Ihr für alle Zeit behalten,
Mir wiegt der eine Mann — euch alle auf!

II. Scene.

Vorige. Juana (in der Männertracht), die die letzte
Rede in der Oeffnung des Zeltes stehend mit angehört,
stürzt jetzt vor und in Gonçalvez Arme.)

Juana.

Antao, liebster Mann, da bist Du endlich,
O warum hast Du mich vorausgesandt?!
Was ich erlebt' an diesem einen Tage
Wiegt die Erfahrung eines Lebens auf.
Als Freundin sollt' ich mich Hernandez nahen,
Doch arglos trauend dieses Priesters Wort,
Ward ich des edlen Mannes schlimmster Feind.
In jenen Orden, der dem Weib verbietet,
Den Mauern seines Tempels nur zu nahen,
Bin frevlen Sinnes ich hineingetreten
Und hab den großen Schwur dem Bund geleistet.
Ach eine That, darob der Seele Frieden
Des Herzens Ruhe mich auf ewig flieht.
Und hat auch dieses Mannes (auf den Prior) heilig
                                    Wort
Der Sünde mich des frevlen Eid's entbunden,

Nie kann, das fühl' ich, Ruhe je mir werden,
Wird meine Zunge zur Verrätherin!

Gonçalvez.

Mein liebes Weib! ihm hab' ich schon gesagt,
Daß ich sein ganzes Thun verwerflich finde
Und niemals denk' ich, soll er wieder wagen
Dich in sein dunkles Werk hineinzuzieh'n!
Doch Dir gesteh ich, daß der ganzen Sache
Solch' hohen Werth ich niemals beigelegt,
Um daß sie solcher herben Trübsal lohne,
Die lastend Dein Gemüth und Herz bedrückt.
Du hast geschworen! Nun, so halt' den Eid,
Mir brauchst Du, was Du sah'st, nicht zu verrathen;
Ich kenne Neugier nicht, will's auch nicht wissen,
Denn was der Mensch nicht weiß, macht ihm nicht heiß.
Und ist der Gatte nur damit zufrieden,
Daß seine Frau ein fremd' Geheimniß kennt,
So möcht' ich wissen, wer Dich sonst bedrängen,
Und Dein Gewissen Dir belasten sollte!
Will es Dein Vater, der Infant erfahren,
So mag er sich's von ihm (auf den Prior) erzählen
                                           lassen,
Der es mit Dir — dem Ordensbruder — theilt!
Was schadet's mir, ob Du des Bundes Bruder?
Wenn Du dem Gatten nur ein liebend Weib.

Prior.

Fürwahr, Ihr thätet besser, Dom Antao,
Des spöttisch leichten Ton's Euch zu entschlagen,

Dem gegenüber was die Gattin drückt.
Die Kirche hat die Sünde wohl des Eides,
Den nothgedrungen sie dem Ketzer schwur,
Von ihrem Haupt durch mich hinweggenommen
Doch was sie weiß, das hat sie auszusprechen
Als Zeugin gegen den verirrten Mann
Vor seinen Richtern, vor des Königs Thron!

Gonçalvez.

Herr Prior, wollt Euch fein um das bekümmern,
Was Euers Amt's! Ich spreche zu der Gattin,
Wie sie's von ihrem lieben Mann gewohnt,
Frei von der Seele, frisch und froh und fromm!
Euch sagt' ich schon: ich bin ein guter Christ,
Doch bin ich mehr noch, auch ein guter Mensch,
Das weiß mein Weib und deshalb glaubt sie mir,
Wenn ich ihr sage: nimm das Ding nicht schwer!
Und von Gericht ist gar noch nicht die Rede
Und wird auch ferner nicht die Rede sein!
Hat sie den Brudereid dem Bund geschworen,
Sobald mir's recht, wen geht es sonst was an?
Ihr habt dem Bunde Euch ja auch verpflichtet,
— Der beste Bruder scheint Ihr freilich nicht —
So saget Ihr doch aus das, was Ihr wißt!
Doch laßt mein Weib, ich rath' Euch, aus dem Spiele,
Es könnte wahrlich Euch nicht gut bekommen.

Prior.

Verweg'ner Jüngling, wagst Du so zu reden
Zu einem Mann, der Dir sowohl an Jahren

Wie geist'gem Wissen weithin überlegen?
Dem schon als Würdenträger Deiner Kirche
Du Achtung, Ehrfurcht, Demuth schuldig bist?
Vergiß nicht, junger Spötter, daß die Mannschaft
Sowie die Führer dieser beiden Schiffe,
Die unter portugies'scher Flagge segeln,
Gehorsam schuldig sind dem Abgesandten
Des Königs, den in mir Du vor Dir siehst,
Und wagst Du es, die Pläne mir zu kreuzen,
Dich meiner Absicht in den Weg zu stellen,
So nehm' ich kraft der Macht, die mir verliehen,
Dir das Kommando ab, und bring' als Meut'rer
Gefangen Dich nach Portugal zurück!

Juana.

Gerechter Gott! Das könnte, dürft' er wagen?

Gonçalvez.

Erschrick nicht, Kind; der würd'ge Diener Gottes
Vergißt im Augenblick, daß immer Zweie
Bei solchem Werk der hohen Polizei
Von nöthen sind. Der Eine, der gefangen
Erst werden soll und Einer, der ihn nimmt.
Wir sind hier nicht am Land, wir sind im Meere,
Da herrscht kein Kirchen=, nur ein Schiffsgesetz.
Und wenn auch meine Leute gute Christen —
Das heißt, ich meine so von meinem Schlag —
Und treue Diener ihres Königs sind,
So sind bei alledem es doch Matrosen,

Und diese, weil dem Tod sie ewig nahe,
Von dem sie nur ein schmales Brettchen trennt,
Sind mit dem Land und dessen feinen Sitten
So recht nicht mehr vertraut. Der Seemann kennt,
Ist er an Bord, nur eines Herrn Befehle,
Das ist der Capitano auf dem Schiff;
Und auf mein Volk kann ich mich fest verlassen,
Es legt von ihnen keiner an mich Hand!

Prior.

Ich hab' des Königs Schrift, des Staates Siegel
Und wehe dem, der diesem sich nicht fügt!
Seid erst Ihr des Commandoworts enthoben,
So hört von selbst schon der Gehorsam auf;
Und wollte ein Verwegner den Befehlen
Des Königs sich, der Kirche widersetzen,
So büßte er im tiefsten Raum des Schiffes,
Mit Ketten und der Kirche Fluch beladen
Die Treue für den falschen Schiffspatron.

Gonçalvez.

Ich hab' nicht Lust mit Euch mich noch zu streiten.
Nur so viel sag' ich noch: Ihr könnt Euch irren.
Sie alle sind algarvische Matrosen —
Sie sind von Herzen gut, doch allbekannt
Ist auch, daß es verweg'ne Menschen sind.
Aus Pfaffen machen sie sich so nicht viel!
Und solltet Ihr von mir den Degen fordern,
Und ich den Spaß von Euch nicht gleich versteh'n,

Bedarf's nur eines Zwinkerns mit den Wimpern
Und um den Kirchenfürsten ist's gescheh'n.
Eh' Ihr die Hand noch gegen mich erhoben,
Hingt Ihr schon oben an der höchsten Raa —
Dort könnt Ihr dann des Glaubens Macht erproben,
Doch nichts für ungut! salva venia!

Inana.

O' Gott — Gonçalvez —!

Gonçalvez.

      O', erschrick nicht Kind,
's ist nicht so schlimm gemeint, wir spaßen nur!
Er spaßt in seiner, ich in meiner Weise,
Doch wer zuletzt lacht, das bin, glaub ich — ich!

III. Scene.

Vorige. Pirez.

Pirez.

Hochwürd'ger Herr, an Bord der Capitana
Kam eben, von der kleinen Ordens-Insel
Dort drüben, einer jener weißen Brüder,
Ein früh'rer Steuermann, Bartolemeu,
Der dringend Euch und gleich zu sprechen wünscht.
Sehr wichtig sei die Botschaft, die er bringe,
Doch muß vor Tagesanbruch er zurück.

Gonçalvez

(bei Seite rasch).

Bartolemeu bei ihm? was soll das heißen?!

Prior

(für sich).

Wie, käm' ein Zufall mir so rasch zur Hilfe?
Was kann er wollen noch in tiefer Nacht?
Ich will zu ihm. (Zu Pirez.) Ist Euer Boot am Ufer?

Pirez.

Zwei Rudrer harren um Euch hinzuführen.

Prior.

So nehm' ich meinen Urlaub denn von Euch
Erlauchte Frau und lasse Euch dem Gatten,
Damit, nach einer Trennung von drei Tagen
— Für eine junge Eh' geraume Zeit —
Die Leidenschaft des heftig raschen Mannes,
Im Arm der Liebe bald verfliegen möge!
Ich hoff' und wünsche, daß wenn erst Besinnung
Und Ruhe siegten über stürmisch' Blut,
Er sich der Anschauung des ält'ren Mannes
Geneigter zeigend, sich erinnern möge,
Daß er den Eid dem Könige geleistet
Und Treue ihm, Gehorsam angelobt!
Und daß des Edelmannes höchste Ehre,
Die Heilighaltung seiner Ritterpflicht!
Der König, der die Schiffe Euch vertraute,

Befahl dem kühnen, weitgereisten Mann:
Mich, seinen Beichtiger hierherzuführen
Und im Verein mit mir zurückzukehren.
Das Euer Auftrag! alles weitere
Ist mir und meiner Einsicht unterstellt!
(Ab Seite rechts).

IV. Scene.
Vorige ohne den Prior.

Gonçalvez
(zu Pirez, der mit dem Prior abgehen wollte).

He', Pirez, warte einen Augenblick!
Mein treuer Freund und ältester Gefährte
Auf meinen vielen stürm'schen Meeresfahrten,
Dir kann ich ohne Rückhalt mich vertrauen!
Juana höre und auch Du mein Pedro,
Der ja so gut wie ich Hernandez' Freund
Und auch gleich mir des Theuren Rettung wünscht —
Er ist verloren, wenn nicht wir ihm helfen.

Juana.

O' Gott, wenn Du es sagst, so ist's gewiß!
Und doch warst Du vorher so siegbewußt
Und höhntest übermüthig noch den Priester.

Gonçalvez.

Das war nur Maske. Meine Heiterkeit
War nur erzwungen; jedoch schadet's nicht!
Er sieht, daß mit Gewalt er nichts mehr richtet,
Denn meine Macht und Kraft erkennt er wohl

Und das wollt' ich mit meinem Spott bezwecken.
Doch and're Mittel gibts ihn zu vernichten,
Kommt ungewarnt und gänzlich unbereitet
Alvao plötzlich ihm vor's Angesicht.
Drum muß etwas geschehen und sogleich!
Juana Du mußt Augenblicks hinüber;
In Pirez Schutze bist Du wohl geborgen.
Entdecke Dich Hernandez, grüß' ihn mir
Und sag' ihm alles frank heraus und frei.
Er mag sich dann bei Zeiten überlegen,
Wie er den Sendling Rom's empfangen will.
Er soll sich mäßigen und darauf bauen,
Daß ihm zur rechten Zeit ein Freund erscheint,
Der ihn dem schlauen Feinde kühn entreißt.
Ihr Beide fahrt zunächst mit mir zum Schiffe,
Um jedem Argwohn sicher zu entgeh'n.
Ich steig' an Bord. Du Pirez führst die Gattin
Hinüber dann zur kleinen Friedensinsel,
Die bald ein mächt'ger Sturm erschüttern wird.
Noch ist es Zeit, es ist drei Uhr vor Tag,
In einer Stunde steigt die Sonne auf.
Der Mond ist unter und das Meer ist dunkel,
Man kann vom Schiffe Euch unmöglich sehen.
Drum rasch an's Werk!

Pirez.

  Doch warum gehst' Du selber,
Der Du doch größ'ren Einfluß auf ihn übst,
Denn nicht mit Deiner jungen Fran hinüber?

7

Gonçalvez.

Ihr wißt noch nicht und ich versparte mir
Die Botschaft bis zuletzt, die freud'ge auf.
Dein Vater, der Infant, ist unterwegs
Und trifft, wenn günstig weiter ihm der Wind,
Schon morgen spätestens zu Mittag ein.
Ich ließ mit Absicht Niemand meiner Leute
Vom Schiff' an Land, damit sich nicht verbreite
Die gute Nachricht, eh' ich erst sondirte,
Wie weit die Angelegenheit gediehen war.

Juana.

Mein Vater kommt, o' dann wird alles gut!
Er läßt Hernandez nimmer untergehen.
O' dann ist Hoffnung!

Gonçalvez.

Ja; doch um so mehr,
Muß diese Nachricht noch Geheimniß bleiben,
Sonst kommt der Pfaffe dem Infant zuvor.

Pirez.

Doch wie erhieltest Du mit eins die Botschaft?

Gonçalvez.

Zu Mittag gestern lief, von Lagos kommend
Und unter Führung unsres alten Bootsmanns
Des wack'ren Rios, eine Caravelle
Mit einer ziemlich großen Zahl von Männern

Und Frauen, die zur Ansiedlung daselbst
Auf des Infanten Rath sich eingeschifft,
In Boavista auf der Rhede ein.
Der meldet' mir, daß der Infant Henrique
Zugleich mit ihm die Hafenstadt verließ;
Doch legte er noch bei Madeira an,
Um dort sich nur auf einen Tag zu zeigen
Und zuverlässig träf' er morgen ein.
Der Arzt Tristao ist mit ihm an Bord
Und darauf lege ich zumeist Gewicht.
Ihr Beide kennt' sein kindlich rein Gemüth
Und wißt, wie viel er bei dem Prinzen gilt,
Der wenn von Herzen auch den Menschen gut,
Sich doch der Kirche Fessel nicht entschlagen
Und daß, als Groß=Comthur des Christus=Ordens
Er selbst der Kirche Fürsten zugesellt,
Zu uns'rem Leid er nie vergessen kann.

Pirez.

Wohl hast Du recht, doch ist's ein Grund so mehr,
Daß selbst zur Insel Du hinüberfährst
Und mit Hernandez ernstlich überlegst,
Wie jedem möglichen Zusammenstoß
Mit dem Prälaten bestens vorzubeugen.

Gonçalvez.

Das werdet ihr so gut wie ich vollbringen!
Ich muß an Bord! Der Wind steht fest aus Norden;
Ich lege um, als wenn ich kreuzen wollte

Und fahre so dem Herrenschiff entgegen,
Dem ich zur rasch'ren Fahrt als Lootse diene.
Der Prior muß mich auf dem Schiffe wissen,
Denn wenn er Allen traut, mir traut er nicht!
Juana auf, befreie Dein Gewissen,
Bewahr' sie, Pirez, wie Dein Augenlicht!
Und wenn der Freund gerettet und geborgen,
Dann soll bei mir er in die Schule geh'n;
Mein Katechismus soll schon dafür sorgen,
Daß seine Träumereien bald verweh'n!
Und sieht den Freund er glücklich mit dem Weibe,
Das einstens er, so wie Du sagst, geliebt —
Dann wird, ob man ihn auch von hier vertreibe
Und seinen Brüdern man den Laufpaß giebt,
Sein hoher Sinn zur Welt sich wieder kehren
Und wird bei uns es lernen Mensch zu sein!
Du wirst die Liebe ihn zum Weibe lehren — —
Halloh! Das könnte doch gefährlich sein!

Juana.

Antao! Liebster Mann, Dein fröhlich' Scherzen
Besiegt der stärksten Zweifel finst're Nacht,
D'rum eile ich jetzt mit b e f r e i t e m Herzen
Und nehme auf den Kampf mit jeder Macht.
Grüß' Du den Vater, der als Friedensbote
Auf diesem Feld der Geisterschlacht erscheint
Und das Verhängniß, das dem Freunde drohte,
Verjagen wird und Alles friedlich eint!

(Umarmt ihn, dann Alle nach Rechts ab.)

Verwandlung.

Dekoration des zweiten Aktes; in der Folge Sonnenaufgang.

V. Scene.

Joam

(steht hinten auf dem Felsen und winkt mit der Hand nach
dem Meere).

So ziehe hin, geliebter, edler Bruder
Im Schutze des allgüt'gen Weltenmeisters;
Er möge Deinem Ange Kraft verleihen,
Auf daß es dringe in des Feindes Seele
Und seine schwarzen Pläne Dir enthülle!
Vernichte ihn mit Deines Geistes Blitzen
Und Deine Zunge sei ein schneidig' Schwert.
Ein fester Schild sei Deine reine Tugend;
So ziehe hin gerüstet und bewehrt.

(Winkt nochmals zum Abschied und kommt dann langsam
nach vorne.)

Im Osten steigt die glüh'nde Sonne auf
Und grüßt das Meer mit ihrem gold'nen Strahl.
Urew'ges Licht, das in des Tages Lauf
So viele Herzen sieht in Leid und Qual —
O, mögst die Wolken Du von hinnen jagen,
Die sich um Deines Tempels Bau gethürmt,
— Zu dessen Mauern wir die Steine tragen —
Eh' noch der Feinde Bosheit ihn bestürmt.
Verscheuche von dem Dir geweiheten Bau
Der Finsterniß Geister von friedlicher Au!

(Kniet nieder.)

Zu Dir, o Gott, schickt sein Gebet
Ein schwer belastet Menschenherz;
Was es in Drangsal heut erfleht,
Gewähr' es ihm! ach aller Schmerz,
Den still es Jahre lang ertrug,
Er weicht dem einen größer'n Weh,
Das ahnend in die Seele schlug:
Daß ich den Freund nicht wiederseh'!

Ich sehe im Geiste
Den lauernden Feind,
Mit dem sich der dreiste
Verräther vereint!
Ich seh' wie sie richten
Auf ihn das Geschoß,
Um den zu vernichten,
Deß Herz sich ergoß

In Treue und Liebe dem Edlen und Schönen.
Sie werden den fallenden Helden verhöhnen! —

Ein Wort des Verräthers,
Das furchtbar ihn trifft,
Leiht jenem des Thäters
Ein tödtendes Gift.
So fest er gerüstet
Vertrauend auf Gott,
Er fällt, wenn sich brüstet
Der lästernde Spott.

Ach, ich bin nicht fähig den Pfeil abzuwenden
Und wehrlos und schwach muß der Herrliche enden.

Ich fleh' zu Dir: Gib mir ein Zeichen,
Gieß' Licht in meiner Seele Nacht!
Durft' ich von seiner Seite weichen,
Da ich doch weiß, daß Bosheit wacht?
Kann nützen ihm mein rasches Sterben,
So bring' ich gern mein Leben dar;
Ach, nicht zerbrach sein Glück in Scherben,
War früher ich ihm rein und wahr.
Ich fleh' Dich an, hilf' mir in Nöthen
Erleuchte mich: was soll ich thun?
Darf ich mich selbst, soll er mich tödten —
Nur müßig lasse mich nicht ruh'n!
Verzweifelnd wind' ich mich im Staube,
Ich fleh' zu Dir und Deiner Huld;
Laß' dem Verrath nicht ihn zum Raube,
Laß' ihn nicht büßen meine Schuld.

(Fällt auf die Erde nieder.)

VI. Scene.

Joam. Juana und Pirez kommen von rechts.

Pirez.

Wie ausgestorben scheint die kleine Insel,
Von Menschendasein zeigt sich keine Spur!
Das große Zelt ist leer! Doch wär' es möglich
Daß oben auf der großen Felsenplatte
Die Brüder ihre Morgenandacht hielten.
Wollt' kurze Zeit ihr hier am Strande rasten,
So komm' ich mit Alvao bald zurück.

In dieses Eilands stiller Einsamkeit
Ist Nichts für Euch von Menschen zu befürchten.
Und ruhig mögt Ihr hier der Rückkehr warten.

Juana.

O Perez, eile nur, nicht hab' ich Furcht!
Doch höher wächst sie nur für uns'ren Freund,
Je mehr der Sonne Ball dem Meer entweicht.
Ich harre hier, kehrt Ihr nur bald zurück.

Perez.

Hier ist ein hübscher Platz, ruht Euch indessen
Und sammelt Euch für schweres Tagewerk.

(Eilt ab nach links.)

VII. Scene.

Joam. Juana setzt sich auf den Rasen.

Juana.

Wohl ist mir Ruhe noth; des letzten Tages
Gewaltig Thun hat meine Kraft erschöpft
Und mehr noch wird die nächste Stunde bringen!
Es war nicht klug, daß ich mich ließ bereden,
Zur abenteuerlich verhängnißreichen,
In ihren Folge nach, so trüben Fahrt.
Doch konnte ich des lieben Gatten Bitten,
Den Wünschen meines Vaters widerstehen?
Und fühlte ich nicht selbst in mir den Drang,
Den edeln Mann dem Land zurückzuführen,

Dem er einst tief verletzt um mich entfloh? —
Warum nur konnte ich den Mann nicht lieben,
Deß hoher Sinn und edle Männlichkeit
Doch einst die ganze Frauenwelt entzückt
Und den ich selbst vor Allen hoch geehrt? —
Auf diese Frage find' ich nie die Antwort,
So oft ich sie auch schon an mich gestellt.
Und ruf ich mir sein Bild in das Gedächtniß
Und frage mich: könnt'st Du ihn heute lieben
Auch wenn Gonçalvez Du nicht angehörtest?
So bleibt mein Herz wie eh'dem stumm und kalt.
Doch seiner Freundschaft will ich werth mich zeigen,
Zu seiner Rettung Alles freudig wagen,
Und sind wir glücklich in Algarviens Bergen
Und ist vom trüben Wahne er befreit,
So soll er an des Freundes Heiterkeit,
An meiner Schwesterliebe sich erfreuen,
Bis unter seines Heimatlandes Töchtern
Das Weib sich fand, die wieder neu belebt,
Was einst durch meinen Kaltsinn er verlor:
Den Glauben an ein Herz im Frauenbusen,
An eines Weibes Lieb' und ihre Treu!

Joam
(steht auf und will langsam nach links abgehen).

Juana
(horcht auf).

Still, hört' ich nichts! (Erblickt Joam.) Ha, er, der
                                       junge Bruder!
Gelobt sei Gott, er weiß gewiß zu künden

Des Meisters Aufenthalt! (Tritt vor ihn.) Ich grüße
Dich,
Der Sonne erster Strahl trieb mich vom Lager,
Und außerdem — gesteh' ich's nur — die Sorge,
Es könnt' der Meister, eh' ich ihn gesprochen
Und wichtiges Geheimniß ihm vertraut,
Vielleicht hinüber zu den Schwarzen fahren,
Wo ich zur rechten Zeit ihn schwerlich fände.
D'rum bitt' ich Dich, führ' mich sogleich zu ihm;
Ich muß ihn sprechen, ach, an dieser Stunde
Hängt Glück und Unglück für den Bund wie ihn.

Joam.

Wohl muß es wichtig sein, was Ihr zu melden,
Da Ihr die wen'gen Stunden dieser Nacht
Dem Schlaf gestohlen und den jungen Körper
Gehäufter Mühe kecklich ausgesetzt.
Statt, daß nach Mitternacht Ihr Ruhe suchtet
Im gastlich schnell errichteten Gezelt,
Zogt Ihr es vor, mit jenem finster'n Fremden
Auf einem Schifferboot hinwegzufahren
Und dem Verrath, den Ihr mit hergebracht
Die schreiende Gewalt noch anzufügen,
Denn nicht in guter Absicht kehrt Ihr wieder.
Ruft Eu're Mannschaft nur, sucht ab die Insel,
Doch schwerlich dürftet Ihr den Meister finden —
Ist Euch an mir gelegen — nehmt mich hin!

Juana.

O, welch' ein Argwohn! Und doch hast Du recht,
Wie sollt' Vertrauen ich bei Dir erwecken,

Da Euren Frieden Trug und Arglist täuschte.
Und schöpfte nicht der Meister auch Verdacht
Wie Du, nachdem die Ueberfahrt entdeckt?
O, sag' mir's frei, entreiße mich der Angst.

Joam.

Ich sagte schon: sucht doch die Scholle ab,
Sie ist so groß ja nicht und zum Verstecke
Hat sie die Schöpfung wahrlich nicht bestimmt.
Von mir erfahrt Ihr sicherlich nicht mehr.

Juana.

Wie bist Du grausam! Ach, und wüßtest Du,
Wie wenig Du von mir zu fürchten hast
Für ihn, um dessen Wohlfahrt ganz allein
Ich mir der Reise Mühsal auferlegt.
Es drängt die Zeit, betritt der Prior erst
Als Abgesandter Portugals, der Kirche,
Dies stille Eiland, so ist er verloren
Wenn ich Alvao nicht zuvor gewarnt.

Joam.

So ist es also wahr! O, ihr Verräther!
So täuschtet ihr den Mann, der blind vertrauend
Dem Brief des Prinzen und Gonçalvez Grüßen
Den Feind in sein Geheimniß eingeweiht?!
Nichtswürdiger Verrath! O pfui der Tücke!
Und er, Gonçalvez, den der Meister liebte,
Wie selbst Fernando er nicht mehr geliebt —

Er, dem er scheidend vor nicht langer Zeit
Sein Glück und seinen Frieden ausgemalt,
Die nur allein am Leben fest ihn halten —
Er täuschte schmählich seinen besten Freund?!
Denn kaum im Vaterlande angekommen,
Erzählt den Priestern er von unsrem Bund
Und scheut sich nicht dem Ketzerrichter selbst
Als Führer sich und Häscher anzubieten.
O dreimal Pfui ob solcher Heldenthat!

Juana.

O schweige Du; verstumme! Lästre nicht
Den edelsten der Männer, dessen Freundschaft
Alvao dankt, daß ich hierher gekommen
Mit milder Sanftmuth auf den Freund zu wirken,
Daß er zur alten Heimat wiederkehre;
Daß er die hohe Geisteskraft dem Staate
Und seinen Heldenarm dem Lande weiht!
Gonçalvez ist empört, daß der Gesandte
Des Königs solcher Mittel sich bedient
Und eben jetzt kreuzt er vor Boavista,
Um des Infanten Ankunft abzulauern
Und ihn zur größeren Eile anzuspornen,
Damit Hernandez er des Tigers Klauen
Noch eh' er ihn zerfleischt, entreißen kann.
Alvao hat von ihm nichts zu befürchten!

Joam.

Und wenn Ihr selbst Gonçalvez Freund Euch nennt;
Alvao's Rettung Euch so sehr erwünscht —

Wie kam es denn, daß in des schlimmen Feindes
Gesellschaft Ihr Euch frevelnd eingeschlichen
In unsern Bruderkreis, der harmlos friedlich
Die wenig Eingeweihten, abgeschlossen
Von aller Welt, in edler Liebe eint?
Wer seid denn Ihr? deß' edles sanftes Wesen
Mit Eurem Thun sehr schlecht zusammenstimmt.

Juana.

So höre denn, um Mißtrau'n zu beseit'gen —
Damit Du siehst, daß Du mir trauen darfst:
Ich bin nicht das, was meine Kleidung kündet,
Ich bin — o zürne nicht — bin nicht Dein
                Bruder
Und könnt' es nie, selbst wenn ich's wollte, sein.
Arglistig hat der Prior mich bethört,
Ich glaubte ihm, Hernandez nur zu nützen,
Als ich ein Fremdling eurem Orden nahte.
Mein frommer Wahn wie sehr ward er getäuscht.
Ich bin gekommen jetzt ihn aufzusuchen,
Die volle Wahrheit wollt' ich ihm gesteh'n;
Zugleich die Mittel ihm auch klar zu legen,
Wie er des Feindes Schlinge kann entgeh'n.
Du wähnest mich des Feindes Spießgeselle,
Verheimlichst mir Alvao's Aufenthalt —
Vernimm es denn, ich bin nicht Mann noch
                Bruder,
Ich bin — ein Weib, dem seine Neigung galt.

Joam.

Ein Weib! barmherz'ger Gott, o Schmach und
              Schande!
Das also war's? der Kirche Diener brauchte
Zu seinem edlen Thun ein würdig Mittel —
Und eines, das den Meister sicher schlägt.
Er brauchte eines, um ihn zu v e r h ö h n e n
Und dazu hat er sich ein Weib erwählt!
Unwiederbringlich ist er jetzt verloren
Und in sich selbst muß er zu Grunde geh'n.

Juana.

Darum, noch ehe ihm der Mann begegnet,
Eh' er noch seinen Spott auf ihn ergießt,
Laß mich ihn sprechen, laß mich es versuchen,
Ob ich Hernandez nicht dazu berede,
Dem Bund der Brüder frei noch zu entsagen
Und als ein Mann, geheilt vom Schwärmerwahn
Sich in den Schutz Henrique's zu begeben,
Der heute hier bei uns erwartet wird. —
Er, der im vorgerückten Greisenalter
Um seinetwillen noch des Meer's Gefahren
Und alle Mühsal willig auf sich lud,
Um einen M a n n nach Portugal zu bringen!
Den Mann, der einzig ihm geschaffen scheint
Dem unnatürlichen Vernichtungskriege,
Den gegenwärtig Ohm und Neffe führen,
Ein Ziel zu setzen; der uns Frieden bringt. —
Laß' mich versuchen, ob mein flehend Bitten

Nicht die Erinnerung an früh're Zeiten
Und an ein Glück das ihm verloren ging,
Zugleich auch das Gedächtniß an die Heimat
Und an sein Vaterland heraufbeschwört.
So wisse denn: Juana, die er liebte,
Die Tochter des Infanten steht vor Dir!

Joam.

Gerechtigkeit des Himmels! Ihr Juana?
O frecher Spott und Hohn! war's nicht genug,
Daß Männer schon in schlimmer Absicht kamen
Um das Verderben in den stillen Kreis
Der einsam Friedlichen hierher zu tragen?
Ein Weib verkleidet sich und schwört den Eid
Dem Bunde, der nur Männer in sich eint?
Und welch' ein Weib? Juana, die er liebte,
Der einzig und allein sein Herz gehört,
Das sie in frev'lem Uebermuth gebrochen.
Was ficht Euch an, daß Ihr zum Zweitenmale
Euch in ein Leben drängt, das schon entsagte,
Das Frauenliebe gänzlich abgeschworen?
Wie? Oder kamt Ihr, weil Ihr jetzt bereut,
Daß einstens Ihr in eitler Mädchenlaune
Den Mann verworfen; dessen hohen Werth
Ihr erst erkannt, nachdem Ihr ihn verloren?
Kamt Ihr auf's neu die alte Lieb' zu wecken,
Um ihn auf's neu in Euer Netz zu zieh'n? —
Und hört ich recht, so nanntet Ihr nur eben
Henrique, den Infanten, Euren Vater?

Da seht, wie falsch Ihr seid, Alvao, der
Allein nur mir das schmerzliche Geheimniß
Der ersten einz'gen Liebe anvertraute,
Er weiß von solcher hohen Abkunft nichts!
Er nannte Euch Juana Diolores,
Die Mutter war als Witwe ihm bekannt.

Juana.

Da Du Alvao bist so eng befreundet,
So scheu ich nicht Dir mehr noch zu verkünden,
Das er nicht wußte, folglich Du nicht kennst.
Der Prinz von Portugal, er ist mein Vater
Und als sein Kind hat er mich anerkannt.
Als Groß=Comthur des heil'gen Christus=Ordens
War ihm versagt, die Ehe abzuschließen,
Die meiner Mutter vorher er versprach.
Doch, wenn auch ebenbürtig nicht geboren,
Vergaß er niemals doch, daß ich sein Kind
Und ließ in uns'rer Villa Diolores,
Die er der Mutter schenkte, mich erziehen.
Ich wußte nicht, wem ich mein Dasein danke,
Bis nach Duarte's Tod, des Vaters Bruder,
Dom Pedro die Regentschaft übernahm.
Aus meinem Dunkel zog man jetzt mich vor!
Seit jener Zeit leb' ich bei meinem Vater,
Der mich als Tochter öffentlich erkannte.
So konnt' Hernandez auch davon nichts wissen,
Weil es mir damals selbst noch unbekannt,
Als er in dumpfem Schmerz das Land verließ.

Joam (auflodernd).

Und jetzo kommt Ihr her in eitlem Wähnen,
Daß in dem Glanz der fürstlichen Geburt
Ihn um so sich'rer Ihr umgarnen könntet?
O täuscht Euch nicht, ihn binden feste Schwüre
An diese Scholle, an den Brüderbund!
Und auch an mich! — Was brachtet Ihr für Opfer,
Die Euch ein Anrecht sichern auf den Mann,
Der zwiefach todt für Euch und Euer Land?
Hier warf uns an den Strand die wilde Fluth,
In seinem Arm erwachte ich zum Leben;
Hier leben wir vereint die langen Jahre!
Hier brachte ich der Opfer höchstes dar —
Mein Sinn, mein Wesen, all' mein Seelenleben,
Mein Herz, mein Lieben hab' ich hingeworfen,
Nur daß ich konnt' in seiner Nähe sein,
Mein Dasein durfte seinem Dienste weih'n!
Ich hab' ein heilig' Anrecht mir auf ihn
Durch ein unsagbar bitt'res Herzensopfer,
In schweren Kämpfen gramerfüllt erworben,
Das ich so leichten Kauf's nicht lassen will.
Und nie, ich schwör's, sollt Ihr den Mann besitzen,
Der mir gehört: und will er mir entflieh'n,
Nicht nöthig war's den Prior erst zu schicken;
Dann fällt er sicher — ich vernichte ihn!

Juana.

Entsetzlich! ist das Freundschaft? Bruderliebe?
Weh! Euer Auge glüht in wildem Haß!

8

Das ist nicht eines treuen Freundes Sprache!
So spricht ein rasend Weib, wenn Eifersucht —

Joam

(einfallend in glühender Leidenschaft).

Sei es denn Raserei, sei's Eifersucht!
Noch ist nicht in der Brust das Herz erstarrt,
Obgleich ich sieben Jahr' es unterdrückt!
Ich lieb' die Menschen! liebe sie als Brüder,
Den Einen aber lieb' ich tausendfach!
Er ist mir mehr als Freund und mehr als Bruder,
Ich liebe ihn, so wie er Euch geliebt —
Nein, noch viel mehr! was ist des Mannes Liebe,
Was gilt das Schlagen eines Männerherzens
Wohl gegen jenes das im Busen zittert
Des liebenden und des geliebten — — ha

Juana (rasch).

Sprich es nur aus, verrathen wärst Du doch,
Auch wenn das Wort Du nicht gesprochen hättest!
Des liebenden und des geliebten Weibes.

Joam.

O weh! verloren! (Verhüllt das Angesicht.)

Juana

(kalt und schneidend).

                    Und so ist gelöst
Das große Räthsel denn der Einsamkeit,

In die ein großer Geist sich selbst verbannt.
Und darum zog ich aus, um zu erfahren,
Daß er, um deſſentwillen ſich der Vater,
Der würd'ge Greis ſelbſt auf den Weg gemacht,
Um einen Wahnbethörten zu erlöſen
Von ſeinem Traumgebild, — daß dieſer Mann,
Der ſchon im Geiſt der Erdenwelt entrückt,
Sich ſelbſt mit einem Heil'genſchein geſchmückt —
Ein Menſch im vollſten Sinn geblieben iſt
Und ſich dabei ein Gott zu ſein vermißt. —
Schon einmal trat Verachtung leis mich an,
Sie galt dem ſinnverwirrten Weiberfeind —
Und aufgegeben wäre längſt der Plan,
Der ihn mit ſeinem Volke wieder eint;
Wär' nicht Gonçalvez für ihn eingetreten,
Der dieſen Mann gleich einem Gott verehrt!
Ja, wär' er Schwärmer, würd' er zu ihm beten —!
Dein Glaube, armer Freund, wird rauh zerſtört.
Ich will den hohen Meiſter nicht erwarten,
Denn meine Warnung iſt nicht nöthig mehr;
Ein Mann, um den ſich ſolche Brüder ſchaarten,
Dem wehrt die Kirche nicht die Wiederkehr!
(Will gehen.)

Joam.

Halt ein, zurück! nicht darfſt Du ſo von hinnen
Da Dir enthüllt des Weſens wahrer Kern,
So ſollſt die Ueberzeugung Du gewinnen,
Daß rein ſein Inn'res wie der Morgenſtern.

8*

- 116 -

Was ich in Leidenschaft Dir selbst verrathen
Und was der scharfe Frauenblick entdeckt,
Ist wahr! ich bin ein Weib und schwer beladen
Sind Geist und Herz, von arger Schuld befleckt.
Es lasten wissentlich Betrug und Lüge,
Des Meineid's Todessünde ruht auf mir;
Doch nimmer glaube, daß ich jetzt Dich trüge,
Daß ich ein Weib, weiß nur ein Einziger hier!

Juana.

Mehr als genug, nicht zweifelte ich d'ran.

(Will gehen.)

Joam.

O harre, wende nicht Dein Angesicht!
Wenn Schweres ich im Leben auch gethan —
Doch der Verachtung würdig bin ich nicht.
Hernandez kennt mich nur als Mann und Bruder
Und ahnt zur Stunde nicht, daß ich ein Weib!
Vernähme er's — er ließe Boot und Ruder,
In's Meer versenkte er den theuren Leib:

(Auf die Anhöhe eilend im Hintergrund.)

Da fährt er hin auf klarem Wasserspiegel,
Der rein wie sein Gemüth ihn weit umschließt;
Dort harrt der Feind und schließt des Thores
Riegel
Für ewig hinter Dir. Kein Heil entsprießt
Dem Wort des Geist's, wär's noch so licht und klar,
Wenn erst dem Feind die Schande offenbar.

Juana.

Was soll ich glauben? Können solche Thränen,
Kann solcher Schmerz der Lüge Zeugniß sein?
Sprich schnell, wie ward Dir möglich ihn zu täuschen?
Was mir, der Fremden, Du so leicht verriethst,
Das konntest dem Geliebten Du verbergen?

Joam.

Ich konnt' es, mußt' es, denn mich band ein Eid!
Hernandez dank ich mein gerettet' Leben. —
Auf diesem Rasenhügel wacht ich auf!
Schon damals liebt' ich ihn; ja liebt' ihn schon,
Als in Algarviens geliebten Thälern
Ich auf der Jagd den edlen Helden sah.
In meiner Mutter ärmlich nied're Hütte
Trat einmal er nach heißem Ritte ein
Und bat um einen frischen, kühlen Trunk;
Da sah ich ihn, er mich zum erstenmal. — —
An dieser Stelle hier sah' er mich wieder,
Doch täuschte ihn die ungewohnte Tracht,
In welcher ich die Seefahrt unternommen.
Als ich zu neuem Leben hier erwachte,
Da haucht' er auf die Lippen mir den Kuß,
Der nicht dem Weibe, nur dem Menschen galt.
Entzückt umschlang ich ihn mit meinen Armen,
Und ganz der Erd' entrückt wollt ich gesteh'n,
Daß ich ein Mädchen, das ihm ganz zu eigen!
Da stierten mich zwei dunkle Augen an,
Die all' mein Glück in finstre Nacht verscheuchten,
Es war Bartolemen, der Steuermann,

Den eben jetzt die unheilvollen Fluthen
Gleich uns gerettet an das Ufer warfen.
Er war mein Bräutigam. Der Mutter Wunsch,
Der letzte, den sie sterbend ausgesprochen,
Hieß mich als Weib dem Pflegebruder folgen.
Ich folgte ihm, doch nur weil er als Bootsmann
Auf weite Reise mit — Hernandez ging.
— Für diesen schlug mein Herz in sünd'ger Lust.
Des Läst'gen Tod — er konnte mich befreien —!
Gott fügt' es anders! — Nimmer wollt' ich leben.
Schon wollte ich dem Meer aufs Neu mich weihen,
Freiwillig wollte ich den Tod mir geben,
Als mir Bartolemeu den Antrag stellte:
Zu leben! Doch für ihn nicht noch für Jenen,
Und was ich schien, das sollt' ich weiter scheinen.
Hernandez durft' mich nie als Weib erkennen,
Auf die Bedingung hin gab er mich frei!
Er schwur in meine Hand nie zu verrathen,
Daß ihm mein Sein und Wesen sei bekannt:
Ich schwur in seine Hand, die Lieb' zu tödten,
Die mich an's Leben — an Hernandez band.
Und diesen Eid, ich hab' ihn treu gehalten,
Obgleich das Herz darob in Stücke brach. —
Ihr last in meines Wesens tiefsten Falten,
Erkanntet mich — und häufet bitt're Schmach
Auf ihn, den Eure Liebe konnt' beglücken
Und dessen hoher Werth Euch unbekannt.
Ihr kamt' die reiche Frucht vom Baum zu pflücken,
Da sprach ich aus — was er niemals geahnt!

Juana.

Ja, selt'nes Mädchen, ja, ich glaube Dir!
Und doppelt schätz' ich jetzt Alvao's Werth.
Wohl sprachst Du wahr, Du hast ein Recht auf ihn,
Du hast es Dir durch schweres Leid erworben,
Und ungetheilt soll seine Liebe Dich,
Die unbewußt sein ganzes Herz erfüllt,
Bis an der Tage Ende reich beglücken.
Und daß Dein Argwohn, daß Dein Mißtrau'n
                                    schwinde,
Vernimm: nicht Liebe trieb zu ihm mich her,
Nur Theilnahm' für den Mann, der meinem Vater,
Der meinem Vaterland so nahe steht.
Ich bin vermählt — ich liebe, bin geliebt —
Ich bin Gonçalvez hochbeglücktes Weib.

Joam.

Wie? ist's kein Traum? Ihr wär't — Ihr seid ver-
                                    mählt?
Seid Gattin jenes edlen, braven Mannes,
Der ihm — der mir — uns Allen theuer ist? —
Ach, wie mit diesem Wort die Schauer schwinden,
Die meinen Geist in Nacht und Trauer hüllten.
Vergieb, verzeih, daß ich Dich erst verkannte,
Du Herrliche! o' sieh den Himmel an,
Strahlt er nicht prächtiger als kurz zuvor?
Schau wie im Sonnenlicht das Meer erglüht!
Mir ist's als ob die Palmen freundlich flüstern,
Als säng' die Brandung selbst ein Liebeslied!

Zu Deinen Füßen sieh mich theures Wesen,
Die mich mit einem Wort so hoch entzückt,
Ach, könntest Du in meinem Innern lesen,
Wie reich Du mich — o' Schwester, hast beglückt!

Juana.

Erheb' Dich, Schwester, komm' in meine Arme!
Am Frauenbusen weine still Dich aus.
So lang warst Du allein mit Deinem Harme;
Des Weibes Herz erstarb in Nacht und Graus.
Erwache wieder jetzt zu neuem Leben,
Empfinde, fühle, juble frei in Lust,
Daß der Natur Dein Sein zurückgegeben,
Und Glück und Liebe füllt des Weibes Brust.

Joam.

Juana — ach! um dieser Zähre willen,
Die Mitgefühl dem Schwesteraug' erpreßt,
Und um der Freudenthränen, die entquillen
Felipa's Augen — werde Dir zum Fest
Ein jeder Tag, den Gott Dir läßt erscheinen
An Deines Lebens reinem Firmament,
Und sollte jemals noch Dein Auge weinen,
So sei's im Feuer, das dem Glücke brennt!

Juana
(nach kleiner Pause, in welcher sich beide umschlungen halten).

Doch in des Wiederfindens Hochentzücken
Verrinnt die Zeit; Alvao ungewarnt

Wird er des Feindes Streichen rasch erliegen,
So mehr noch als dem Prior schon bekannt,
Daß Du ein Weib, denn dieser Bartol'men —
Ich hörte drüben seinen Namen nennen,
Als er beim Prior wicht'ger Kunde wegen
Sich melden ließ. Was hätte er zu künden,
Wär' es nicht das?

Joam.

                    Gewiß ist es nur dieß!
Er selbst ja drohte mir in letzter Nacht,
Daß er Verräther würde an dem Bunde
Und an dem Meister, den er tödtlich haßt.
Er glaubt um solchen Preis mich zu erwerben,
Die nach Alvao's Tod, Gefangenschaft,
Verbannung, sei es was es immer sei,
Allein und schutzlos seiner Macht verfiele.
Doch fest war es in meinem Sinn beschlossen,
Wär' nicht der Meister heimgekehrt zur Nacht —
Ich hätte mir den Dolch in's Herz gestoßen —
Und diesmal wär' ich nimmermehr erwacht!

Juana.

So rasch denn nun hinüber nach der Insel.
        (Sieht Pirez, der von links kommt.)

Da kommt Dom Pedro; eilet, lieber Freund,
Alvao ist beim ersten Tagesgrauen
Schon selbst hinüber und dem Feind entgegen.
Spannt rasch das Segel, günstig ist der Wind,

Vielleicht noch kommen wir zur rechten Zeit.
O eil't voraus, wir folgen auf dem Fuß.

(Pirez ab, Seite rechts.)

Nun, Schwester, zeige was die Liebe kann!
Noch weiß ich nicht, was wir zu thun vermögen.
Doch da gebrochen ist der schwere Bann
So treten wir der Tücke kühn entgegen.
Alvao's Herz ist edel, menschlich gut!
Er wird Felipa nicht um Joam hassen,
In seinen Adern fließt algarvisch Blut
Und glaube mir, er wird Dich nicht verlassen!
Was Du an seinem Ideal gesündigt,
Du hast es hundertfach schon abgebüßt.
Und ist ihm erst Dein wahres Sein verkündigt,
Gewiß, daß er dann als sein Weib Dich grüßt.
Dann zieh' mit ihm vereint zum Vaterlande,
Wo er des Friedens weißes Banner schwingt!
Die Bruderkette weich' dem stärkern Bande,
Das die Natur um Menschenherzen schlingt.
D'rum auf an's Werk, daß rasch der Wahn zerstiebe,
Es siegt das Herz! allmächtig ist die Liebe!

(Indem beide nach rechts abgehen)

fällt der Vorhang.

Vierter Akt.

Dekoration der ersten Scene des dritten Aktes. Heller Tag.

I. Scene.

Prior (im Ornat), Duarte und die 4 anderen weißen
Brüder treten von rechts auf.

Duarte.

Und d'rum so kommen wir, was abgesprochen
Wir unter uns, dem neuen Ordensbruder,
Dem vielvermögenden, gewalt'gen Manne
Zu künden, der nicht unterlassen wird
Dem Meister unsern Plan so darzustellen,
Daß allzuschwer er nicht betroffen wird.
Ja, wären wir an Geisteskraft und Größe
Auch im entfernt'sten nur Hernandez gleich,
Wir würden sicher niemals von ihm gehen.
Jedoch wir sind nur einfach arme Menschen
Und halten uns solch' hohen Werks nicht werth,
Und außerdem — wir waren sämmtlich Schiffer!
Der Seemann ist gewöhnt an Thätigkeit,
An schweren Dienst, an Mühsal und Gefahr.
Die immer gleiche Ruhe dieser Jahre,
Sie konnte unsrem Sinne nicht behagen;
Doch war's zu ändern nicht. Jetzt ist's ein And'res!

Nachdem Gonçalvez uns vor Monden fand,
Da wären gerne wir schon heimgezogen,
Doch hielt uns Liebe zu dem Meister ab.
Auch konnten wir ja sicher darauf bauen,
Daß, wenn erst Kunde nach der Heimat drang
Von uns'rem Dasein, man nicht zögern werde,
Uns nach Algarve bald zurückzuführen.
Das ist gekommen und wir zögern nicht
Die altgewohnte Arbeit anzunehmen.
So bitten wir, nehmt wieder uns an Bord.

Prior.

Ich bill'ge den Entschluß, den Ihr gefaßt,
Und diesen Eures Bundes Ordensmeister
Sogleich zu melden, soll mir Freude sein.
Selbst kamt ihr mir entgegen, so wird leichter
Mir die Mission, um die ich hergesandt.
Verweilet hier, bis daß ich rückgekehrt;
Schon rüstet man das Boot, das zu Alvao
Mich führen soll. — Eh' sich zum zweiten Male
Der Sonnenball zum Meer hernieder neigt,
Trägt mit geschwelltem Segel uns das Schiff
Nach Portugal zurück. Und trügt nicht Alles,
So wird der Meister uns dahin begleiten.

Duarte.

Ach, wenn Ihr das vermöchtet über ihn! —
Das wär' für uns der beste Herzenstrost!
Denn wahrlich wurde schwer uns der Entschluß,

Nachdem wir sieben Jahr' vereint gelebt,
So plötzlich nun uns von ihm abzuscheiden.
Doch Mensch bleibt einmal Mensch und Mann bleibt
Mann.
Und wer einmal ein Mensch zu sein gewöhnt
Und sich dabei hat leidlich wohl gefühlt,
Den freut ein Eden selbst auf Dauer nicht.
Und als Apostel einer neuen Lehre,
Sei sie auch noch so schön und sittlich gut,
Sind wir am End' ja doch nicht zu gebrauchen;
Denn seht, wir sind Matrosen —

Prior
(der in die Coulisse links gesehen, unterbricht ihn).

Still jetzt, still!
Blickt dort hinüber, wer ist's, der da geht
Im weißen Kleide an des Negers Seite?
Ist's nicht Alvao selbst?

Duarte.

Bei Gott, er ist's,
Und jener Schwarze ist Loango, Herr,
Ein guter Mensch und unserm Bund ergeben.
Wir möchten nicht, daß er uns gleich erblickt,
Wir wollen hinter jene Palmen treten,
Und habt Ihr unf'ren Vorsatz kundgethan,
Und ist das spröde Eis bei ihm gebrochen,
Dann winkt uns nur, dann sprechen wir schon selbst.

Prior.

So sei es! dort am Ufer seid gewärtig
Des Wink's und Ruf's; fort mit Euch in's Gebüsch,
Daß Euch des Schwarzen Falkenblick nicht trifft.

(Duarte und die Brüder nach rechts ab.)

II. Scene.

Prior.

Er sucht mich auf! so hat er mich durchschaut —
Und nicht mehr unbereitet find' ich ihn!
Doch sei's! der Zufall war mir mehr als günstig
Und hat des Tempels Säulen stark gerüttelt;
Nur wenig Stöße — und die Kuppel fällt,
Sich und den ganzen Bau im Sturz zertrümmernd.
Nicht glücklicher konnt' er die Stunde wählen;
Gonçalvez ist mit seinem Schiff in See — !
Sein Weib mit ihm —, Matrosen sind zur Hand
Und auch der Steuermann ist schon gewonnen.
Im Falle Pirez nicht gehorchen sollte,
So führt Bartolemeu das Schiff zurück.
Leicht ist's den Ahnungslosen zu verlocken,
Daß er mit mir des Schiffes Bord besteigt —
Und ist er dort, dann schnell den Anker hoch,
Und eh' Gonçalvez sich der Rhede naht,
Treibt uns der Wind aus Süd nach Portugal.
Dort mag er noch den hohen Meister spielen,
Wenn seine Kraft zuvor gebrochen ist —

Und daß sie bricht, des Geistes hohe Kraft,
Sei allsogleich von mir in's Werk gesetzt.
Der Zufall spielt die Mittel mir zur Hand,
Und wo es fehlt — der Seinen Unverstand.

(In's Zelt ab.)

III. Scene.

Hernandez. Loango von hinten, links).

Hernandez
(aufgeregt).

Du hast mir schlecht gedient, mich nicht verstanden!
Ich wollte, daß geheim mein Vorsatz bliebe,
Um Furcht nicht unter Brüdern zu erregen,
Zu der ein Anlaß nicht gegeben ist.
Nun komm' ich an und schon der erste Blick,
Er sagt mir, daß zu früh geplaudert ward.
In Gruppen seh' die Brüder ich vereinigt,
In eifrigem Gespräch zusammenstehen —
Und nur verhalten grüßten sie mich eben,
Dem sonst ihr Gruß aus vollem Herzen klang.
Mißtrauen faßte Fuß in ihrem Sinne,
Wozu sich Furcht entmuthigend gesellt. —
Wahrhaftig, Freund, Du hast nicht wohlgethan.

Loango.

Mein Meister, bei des Bundes hohem Eide,
Nichts ging von dem, was ich Dir treu berichtet,
Noch von dem Auftrag über meine Zunge,

Den ich zu Nacht von Dir erhalten habe.
Als ich am frühen Tag mein Lager ließ,
Fand ich die Brüder schon zusammen stehen,
Sich lebhaft unterredend — als ich kam,
Verstummten sie und wichen scheu mir aus.
Ich war nicht weniger erstaunt wie Du.

Hernandez.

Das ist doch seltsam! Und Du fandest nichts,
Nicht einen Umstand, der Dir Licht verschaffte,
Ob Deines Volks besonderem Gebahren?

Loango.

Wohl könnte, wollt ich es, mir Manches deuten
Doch möchte mein Gemüth ich gern bewahren
Vor falschem Argwohn — deshalb denk' ich nichts!
Vielleicht siehst klarer Du mit inn'rem Auge,
Wie mit dem äußeren ich's nicht vermocht!

Hernandez.

So sprich es aus!

Loango.

Bartolemeu war hier!

Hernandez.

Wann?

Loango.

Heute Nacht.

Hernandez.

Und kam er nicht mit Dir?

Loango.

Er kam allein, wohl eine Stunde später.

Hernandez.

Wie wußtest Du's?

Loango.

Die Wachen hier am Strand
Erzählten sich's, es sei ein weißer Mann
Noch um die zweite Stunde in der Nacht
Von unsrer kleinen Insel angekommen,
Der lange Zeit mit ihrem Herrn gesprochen
Und als die Sonne kam, das Schiff verließ.

Hernandez.

Und daher weißt Du auch, daß er es war?

Loango.

Sie nannten ihn den früher'n Steuermann,
Den sie in ihrer Heimat schon gekannt.

Hernandez.

Nun und? — was hat das Alles mit den Schwarzen,
Mit deren Abgeschlossenheit gemein?

Loango.

Bartolemeu war später auch bei ihnen,
Er suchte sie in ihren Hütten auf

9

Und nur bei meinem Zelt schlich er vorüber;
Mir sagt' es Mirha, mein besorglich' Weib.

Hernandez.
(Pause.)

Loango, gerne halt' ich Mißtrau'n ferne
Mir vom Gemüth — und ebenso wie Du,
Will ich durch Grübeln mir den Sinn nicht trüben,
Zudem — die nächste Stunde bringt uns Klarheit.
Geh' zu den Deinen, suche zu zerstreuen
Die finstern Wolken, die sich aufgesammelt,
Eh' sie verderblich sich zu früh entladen.
Ich will zum Schiffe — Boote sind zur Hand,
Und Deines Beistands kann ich jetzt entbehren.
In einer Stunde kehr' ich bei Dir ein
Und mög' es Gott in seiner Güte lenken,
Daß Freuden-Botschaft ich verkünden kann,
Und daß beschämt sie ihre Blicke senken,
Ob ihres Zweifels an dem Ehrenmann! —
(Will nach rechts gehen, indem tritt der Prior aus dem Zelt.)

IV. Scene.
Vorige. Prior.

Prior.

Ich fühle mich geehrt durch Dein Vertrauen
Und würd' Dir's danken, wär' ich dessen werth.
Ein Blick auf meine Kleidung läßt erkennen,
Daß Du getäuscht in eine Falle gingst.

Dom Michalo Perira, Prior von San Crato,
Der Diener einer von Sankt Peters Stuhl,
Und Abgesandter des erhabnen Thrones
Von Portugal steht hier und spricht zu Dir!

Hernandez

(der beim ersten Worte des Priors sich umgesehen und die
Priesterkleidung erkennend, zusammenschreckte, hat sich indessen
gesammelt und zu Loango gewendet spricht er ruhig zu
diesem).

Loango geh', verkünde allen Brüdern,
Welch' hohes Glück dem Orden widerfuhr:
Ein Priester der kathol'schen Religion,
Ein Würdenträger im Bereich der Kirche,
Und Oberster des heiligen Gerichtes,
Das unter freien, schuldlos frohen Menschen
Des Glaubens Feinde — schlimme Ketzer wittert,
Und sie dem Tod zur Ehre Gottes weiht —;
Ein solcher gottgeweihter frommer Mann,
Hat sich, verläugnend seine starren Dogmen,
Die Duldung nur für gläubige Christen lehren,
Dem Bund der Menschenbrüder angereiht
Und ihnen sich mit hohem Schwur verbunden.
Ein Mann, wie er, weiß seinen Eid zu halten,
D'rum sei er hoch willkommen uns'rem Bund.

Loango (glühend).

Fluch dem Verräther an der Insel Frieden,
Fluch dem, der frevelnd stört des Bundes Ruh'.

9*

Wer sich versündigt an des Ordens Ehre,
Und schädigt seine Brüder durch Verrath,
Deß' Herz den Flammen und den Leib dem Meere,
Der Klage folgt der Spruch! dem Spruch die That!

(Ab nach links hinten).

V. Scene.

Hernandez. Prior.

Prior.

Die schwarzen Brüder kennen ihren Spruch.
Er ist für sie das Beste an der Lehre
Von Duldung, Bruderliebe, Menschenthum.
Auto-da-fé's, die man in Frankreich, Spanien
Und Deutschland an verruchten Ketzern übt —
Sie wären diesen Schwarzen Himmelsfreude.
Recht würd'ge Glieder hegt der Brüderbund.

Hernandez.

So sprech auch ich, nachdem ich Dich betrachtet!
Du nennest Priester Dich der reinen Lehre
Des Gottessohnes, der am Kreuze litt
Und dessen ganzes Leben Liebe war?
Ihn ehren wir als Stifter unf'res Bundes,
Er lehrte Duldung, Wahrheit, Brudersinn.
Doch mißverstanden von der Lehre Schülern
Ward aus der unentweihten Menschenliebe
Nur Duldung noch für treue Diener Rom's.

In Fluch habt ihr die Liebe ihm verkehrt,
Sein heilig Liebeswerk ihm selbst entweiht.
Er kam im Licht, er zeigte es der Erde,
Doch Nahrung fand es nicht und es erlosch.

Prior.

Mehr kommst Du mir entgegen als ich wünschte,
Als mir um Dich und Deine Freunde lieb. —
In wenig Worten hast Du mir bewiesen,
Daß ich vor einem Feinde steh' der Kirche
Der schlimmsten Art, der reif ist dem Gericht.
Du liebst es, wie es scheint, Dich kurz zu fassen
Und hast der Zwiesprach Eingang mir erspart.
Mit gleicher Münze denk' auch ich zu zahlen
Und somit sprech' ich kurz und offen aus:
Gesandt bin ich vom König um zu prüfen,
Was Deiner Lehre Sinn und was ihr Zweck!
Nach eignem Anschau'n konnte nur sich bilden
Ein sicher' Urtheil. Deshalb trat ich ein
Zum Scheine in den frevelhaften Bund.
Was ich gefürchtet, fand ich übertroffen!
Nicht die Tendenzen nur des Templerordens,
Des gottverruchten sah ich neu erweckt,
Ich sah noch mehr; ich blickte durch die Maske,
Mit der ihr trügerisch das Antlitz deckt.
Als Hochverräther mußt' ich Dich erkennen
An Kirch' und Staat, ja an der ganzen Welt!
Schon hast Du diese Schwarzen abgewendet
Vom wahren Heil und statt sie zuzuführen

Dem nur allein zu Recht besteh'nden Glauben,
Wie Deine Pflicht als Christ und Unterthan
Des höchsten Hauptes der kathol'schen Welt
Es von Dir heischte, hast Du sie verführt,
Sich Deinem Ketzerglauben zuzuwenden
Und sie um Heil und Seligkeit gebracht.

Hernandez.

Ich steh' erstaunt vor Dir und ich bekenne,
Auf solche Arglist war ich nicht gefaßt.
Doch sprichst Du eben wie Du es versteh'st
Und wie Du es in Deiner Eigenschaft
Als der kathol'schen Kirche hoher Priester
Erkennen willst und Dir verarg' ich's nicht.
Du kommst im Auftrag und Du führst ihn aus.
Doch daß man einen Inquisitor sandte
Um mein und meiner Brüder Glück zu stören;
Daß Dom Henrique, den ich Vater nannte,
Es nöthig fand den Priester herzusenden
Um fern im Meer nach Ketzern auszuspäh'n,
Das tritt gleich einem Giftpfeil mir an's Herz
Und löscht den Glauben an die Menschheit aus.

Prior.

Du wirst noch Schlimmeres von mir erfahren,
Was mehr geeignet wär' Dein Herz zu tödten,
Als es durch des Infanten Spruch geschehen.
Gonçalvez hat in allzu glüh'nden Farben,
Berauscht vom Glück, das ihn Dich finden ließ,

Dein Thun und Deine Lehren ihm geschildert,
Und der Infant, der gleich dem Sohn Dich liebt
Schon um der Liebe willen, die Du hegtest
Für seinen Bruder, weiland Dom Fernando,
Beschloß, vergessend seine hohen Jahre
Mit seinem Arzt Tristao aufzubrechen
Um selbst Dich von der Insel abzuholen
Und Dich dem Dienst des Vaterland's zu weihen.

Hernandez.

O, daß er es gethan, daß er gekommen!
Er hätte gleich Tristao mich verstanden,
Denn er ist Mensch in edlem, reinstem Sinn.

Prior.

Ich leugne niemals, daß er dieses ist.
Doch mehr erhöht sein Werth sich meinem Auge,
Weil er, getreu den Satzungen der Kirche
Des Glaubens Widersacher nicht beschützt.
Ein leichter Krankheitsfall warf ihn auf's Lager,
Als schon das Schiff zur Abfahrt lag bereit.
In seinen Jahren ist man leicht besorgt,
Und jeden Augenblick kann man gewärt'gen,
Die Reise nach dem Jenseits anzutreten,
Von wannen nie die Rückkehr möglich ist.
D'rum säumt der Gläubige in solchen Fällen
Nicht lang, mit seinem Gott sich zu versöhnen,
Und in der Beichte Linderung zu suchen
Von jedem Drucke, der das Herz belastet.

Ein Eilbot' rief mich an sein Bett nach Sagres
Und dort erfuhr ich erst von Eurem Sein
Und Eurem Wahn, der mir gefährlich schien.
Nun galt's den Prinzen rasch zu überzeugen,
Wie im Interesse es der heil'gen Kirche
Und auch des Staates schon es wohlgethan,
Wenn ich des neuen Ordens Absicht prüse,
Und scheint es Noth, ihn rasch ersticken kann.
Als Gouverneur jedweden Land's im Meere,
Das Portugals glorreiche Flagge schmückt,
Gab er im Namen seines Herrn und Königs
Mir ausgedehnte Vollmacht und Gewalt. —
Denn, was bisher ihm als ein Wahn erschienen,
Den Einsamkeit und Hang zur Schwärmerei
In Eurem Geiste nur vergänglich weckten —
War ihm, nachdem er seinen Beicht'ger hörte,
Ein wohlbedacht' und überlegtes Werk —
Ein Plan zum Umsturz der besteh'nden Macht!

Hernandez.

Gerechter Gott, Du siehst in meine Seele,
Du kannst ermessen, ob der Vorwurf trifft.
Mein Denken, Sinnen, all' mein einfach Wirken
Heißt: Friede mit den Menschen, mit der Welt!
-— Und was hab' ich, nachdem Ihr als Verräther
In uns'res Tempels unentweihten Raum
Euch eingeschlichen und Euch überzeugt,
Daß Eure Muthmaßung — die Fährlichkeit
Des Bruderbund's im fernen Ocean

Für Eure Kirche und den Staat betreffend —
Allzu gegründet nur und richtig war,
Vom König und Infanten zu gewärt'gen?

Prior.

Zunächst habt Ihr nach Portugal zu folgen
Und Euch zu stellen geistlichem Gericht!
Doch sollt' in Anbetracht der großen Thaten,
Die Euer Heldenarm dereinst verübt
Und auf das Fürwort Eures hohen Gönners
Ihr schwere Strafe nicht zu fürchten haben,
Wenn willig Ihr Euch diesem Spruche fügt,
Wozu in allem Ernste ich Euch rathe!

Hernandez.

Und thu' ich's nicht, was wird alsdann geschehen?

Prior.

So führe ich in Ketten Euch dahin
Und keine Schonung wird dem Hochverräther.
Dasselbe Loos habt Ihr alsdann zu fürchten,
Das zu Paris Jakob von Molay traf.
Zur Ehre Gottes und der heil'gen Kirche
Als warnend Beispiel andern Irrenden
Verzehrt die Flamme Euch am Hochgericht!

Hernandez (glühend).

Und wie de Molay und wie Johann Huß,
Werd' standhaft ich dem Tod in's Antlitz sehen.

Gleich ihnen werd' ich in dem Glauben sterben,
Daß, wenn Ihr auch den Leib zertrümmern könnt,
Ihr nicht vermögt des Geistes Saat zu tödten!
Und aus der Asche meines Scheiterhaufens
Wird gleich dem Phönix, neu verjüngt ersteh'n
Der Bund der Menschheit und der Bruderliebe.

Prior.

Und ewig wird das Rächeramt bestehen,
Das Glaubensstörer aus dem Wege räumt.

Hernandez.

Bis durch die Fackel der Vernunft geläutert,
Die Menschheit müde des verhaßten Joch's
Die Kette bricht, an die ihr sie gefesselt
Und hoch der Freiheit hehres Banner weht!
Und diese Zeit, sie naht, sie kommt gewiß,
Wo frei der Mensch dem Glauben leben darf,
Zu dem ihn Neigung, Ueberzeugung treiben.
Vernichtet nur die Ketzer, laßt sie brennen,
Den Sieg des Geistes hemmt Ihr darum nicht;
Ihr könnt vom Körper wohl die Seele trennen,
Doch strahlt die Seele gleich dem Himmelslicht!
Und wie am Kreuze er sein Werk beschlossen,
Der uns'res Glaubens hoher Stifter war,
Und wie so vieler Denker Blut geflossen,
So bring' ich meines auch der Menschheit dar.
Der Meister stirbt, doch die Apostel leben,
Und Euer Fluch zerstiebt in leeres Nichts,

Und Christi Geist wird mich im Tod umschweben:
Den freien Maurer an dem Werk des
Lichts.

Prior.

Die Prahlerei ist Dir nicht fremd geblieben
Und eitlem Dünkel steht Dein Sinn nicht fern.
Die mysteriöse Abgeschlossenheit,
In welche Du den Geistestempel hüllst,
Könnt' wahrlich nicht den Zorn der Kirche wecken,
Wär' nicht der Hang zum streng Geheimnißvollen
Vorherrschend noch im Menschen; leicht d'rum könnte,
Vom Reiz des einsam nächt'gen Werk's verführt,
So mancher Gläubige den Weg verlieren,
Der einzig ihn zur Gottesnähe führt.
Darum allein nur halt' ich mich verpflichtet,
Mit Dir zugleich den Orden abzuthun.
Im Uebrigen schien er sehr harmlos mir,
Nur inhaltslose Form konnt' ich entdecken;
Ein tief'res Wissen stieß mir nirgend auf!
Du nennst den Bund ein heilig' Werk des Lichts?
Ich nenne einfach ihn: ein großes Nichts!

Hernandez (aufflammend).

Ein Nichts?! O, daß mit Dir ich darum streite,
Der selber ja doch nur an Formen klebt!
Der Märtyrer, den selbst Ihr heilig spracht,
Der edelste der Menschen, Dom Fernando,
(Der Bruder unf'res jüngst verstorb'nen Königs)

Er war es, der in mir ihn angefacht,
Den hohen, heiligen, den Lichtgedanken,
Dem Werk der Bruderliebe mich zu weih'n.
Und hätte ihn der Staat nicht feig verlassen,
Aus blöder Rücksicht für die Geistlichkeit,
So wäre er des Tempels Ordensmeister,
Den ich im Geiste auf dem Meere baute.
Nur Liebe wird in seinem Raum gepredigt,
Die ohne Unterschied von Stand und Rang
Und ohne erst den Glauben zu erfragen,
Der Mensch dem Menschen rein entgegenbringt.
Frei ist der Mann in dieses Tempels Räumen,
Denn für den Freien nur schuf Gott die Welt!
Nicht Knechte wollte er auf seinen Sternen,
Ein jeder denke frei, was ihm gefällt,
Und wenn im Andern wir den Menschen achten,
Ist's Wunder, daß man ihn als Bruder liebt?
Und da, wo Liebe sich und Achtung paaren,
Da finden Haß und Neid und Zorn nicht Raum!
Und weil der Orden nicht nach Schätzen trachtet,
Der Bruder nicht nach Ehrenstellen geizt,
So kennt er Scheelsucht nicht und Heuchelei,
Wir kennen einen Stolz nur: Wir sind frei!
Wir suchen darin unsern höchsten Ruhm,
Zu wahren uns ein reines Menschenthum!
Und wenn geheimnißvoll noch eine Mauer
Um unsern Tempel jetzt gezogen ist,
Geschah's als Abwehr auf geraume Dauer
Für häm'scher Pfaffen Trug und Hinterlist.

Prior (nach einer kleinen Pause).

Ihr liebet allgemein und insbesondere
Jedweden Menschen; dennoch schließt das Weib
Ihr von dem edlen Menschenbunde aus?

Hernandez.

Das Weib steht uns so hoch, gleich wie der Mann,
Doch das Geheimniß theilt es nicht mit uns,
So lange wir gezwungen, es zu wahren.
Deshalb hab' ich als höchster Ordensmeister,
Der Frauenlieb' für immerdar entsagt,
Damit ich rein des hohen Amtes walten
Und ganz ein Bruder kann den Brüdern sein.

Prior.

Sehr klug und weise! Doch im Prüfen jener,
Die sich als Suchende dem Tempel nah'n,
Wird Vorsicht allzusehr wohl nicht gewahrt?

Hernandez.

Wohl ziemt es Dir den Vorwurf auszusprechen,
Der mich allein, doch nicht die Brüder trifft!
Zu lange war der Welt ich schon entzogen,
Der Menschen Tücke war mir fremd geworden.
Der liebsten Freunde Wort zu blind vertrauend
Nahm sonder Vorsicht ich euch Beide auf.
Das ist der große Fehler, den der Meister
An seinem eig'nen Werke selbst beging
Und den ich büße, sei es mit dem Tod! —

Freiwillig folge ich und sonder Zwang
Und stellen werde ich mich dem Gericht,
Doch nicht um Gnade, wie Ihr wähnt zu flehen,
Nein! mich vertheidigend will ich untergehen!
Und noch vom Holzstoß soll mein Wort erschallen:
Die Freiheit siegt und die Tyrannen fallen!
Noch einmal tönt das schöpferische Werde;
Hell strahlt das Licht und neu ersteht die Erde!

Prior.

Was Du in wenig Worten hier gesprochen,
Ist überg'nug schon für den Urtheilsspruch.
Wohl glaubt' ich mehr als Schwärmerwahn zu
finden,
Und deshalb trieb die Pflicht mich über's Meer;
Doch niemals wähnt' ich, könn' es Menschen geben,
Die so wie Du das Heiligste zu schänden
Und Gott, wie Du es thust, zu lästern wagen.
Und Du, dem selbst der Bund nicht trauen konnte,
Deß Leichtsinn selbst das eig'ne Haus zerstört,
Du hälst Dich für berufen einen Glauben,
Der durch Jahrhunderte in Kraft besteht
Zu läutern durch ein wesenloses Nichts?!
Du Schwächling, lerne selbst Dich erst erkennen,
Eh' Du die Weisheit Gottes willst versteh'n.
Du Wurm im Staube, den des Kindes Fuß,
Dem zu entgehen er nicht Kraft besitzt,
Gleichgiltig tödtet — Du willst Dich vermessen
Den Glauben, der in Millionen Seelen

Als einziger Trost für Leidensqualen thront,
Der sie im Angesicht des Tods noch stärkt,
Der ihnen Seligkeit im Tod verheißt
Zu stürzen? Du, der selbst das kleine Häuflein
Von Menschen, die ein Zufall, die die Noth
Gezwungen sich um Dich, den Herrn zu schaaren
Nicht zu erkennen, nicht zu zieh'n vermochte,
Die als Erlösung meine Ankunft preisen,
Du willst des Glaubens Reformator sein?!
Ein Thor bist Du, nichts weiter! und der Buße
Des Feuertodes bist Du selbst nicht werth!
Zerfalle in Dir selbst! die nächste Stunde
Begräbt den morschen Tempel — Dich mit
ihm!! —

Hernandez.

Um hohe Phrasen seid Ihr nicht verlegen
Und Wortverdrehen steht Euch sehr zur Hand!
Ich bin der Schwache — Ihr der Mächtige,
Und Ihr könnt' schmähen mich nach Herzenslust.
Vor'm Thron des Königs aber steht Ihr Rede,
Laßt sehen, wessen Wort den Andern schlägt!
Ob eines Umstand's wünsch' ich Aufklärung.
Wer sah bei Eurem Kommen den Erlöser?!
Wer von den Meinen sehnt sich von mir fort?

Prior
(der beim Beginn der letzten Rede in die Seite R. winkte,
höhnisch.)

Sieh um Dich und erkenne Deine Brüder!

VI. Scene.

Vorige. Duarte und die Uebrigen von Seite N.

Hernandez.

Duarte? und ihr Andern! was führt euch
Zur ungewohnten Stunde hier herüber
War's Sorge nicht um meine Sicherheit?

Duarte.

O Meister dafür dürfen wir nicht fürchten,
Wer sollte denn vergreifen sich an Dir?
Doch weißt Du nicht? (zum Prior) habt Ihr denn
                                    nicht gesprochen?

Prior.

Noch konnte ich bis jetzt nicht dazu kommen;
Von tiefren Dingen sprachen wir zuvor.
Doch ist es gleich, er hört' es früh genug,
Auch jetzt noch, daß ihr ihn verlassen wollt.

Hernandez.

Wie — ist das wahr? ihr wolltet mich verlassen?

Duarte.

Ja allerdings — doch so war's nicht gemeint,
Daß Dich's erschrecken, Dich verletzen sollte!
D'rum haben ihm (auf den Prior) die Gründe wir
                                    genannt,
Die uns bewogen zu dem ernsten Schritt,

Daß er Dich sorgsam d'rauf bereiten sollte
Mit sanftem Wort nach bester Ueberzeugung.
Und er hat's nicht gethan?

Hernandez (schmerzlich).

                        O doch er that's!
Doch eigen ist die Art der Diener Petri;
Auf ganz besond're Weise zeigt er mir,
Daß mein Vertrauen ich mit Schmerzen büße.

Duarte.

Es thut uns weh, fürwahr Du darfst es glauben,
Daß wir Dich, edler Meister, missen sollen.
Doch sieh, es liegt uns längst schon auf der Seele:
Zu solchem großen kühnen Geisteswerk,
Wie es in Deinem Kopfe sich erbaut,
Sind wir die richtigen Gehilfen nicht.
Wir könnten leicht, die Lehre mißverstehend
In and're Menschenseelen Falsches pflanzen,
Das ganz entgegen dem, was Du gewollt.
Nicht Jeder taugt zu Jedem! und bisher,
Wo die Gelegenheit uns dazu fehlte
Dem früher'n Dienste wieder uns zu weih'n,
Da dachten wir nichts weiter als: nun gut!
Sind wir dem Meister recht so wie wir sind,
So mag es gehen denn, so lang es geht.
Nun aber sieh, das Schiff ist einmal da!
Wer weiß ob bald ein zweites wieder kommt.
Man ist doch Mensch — man hat doch eine Heimat,

Man sehnt sich schließlich doch bei allem Schönen
Das wir durch Deine Güte kennen lernten,
Zu seines Gleichen — in die Welt zurück!
Und so — wenn Du's erlaubst — wenn Du ge-
                                        stattest,
So möchten wir — dem Bruderbund entsagen
Und als Matrosen wieder geh'n an Bord.

Prior.

Der Bruderlieb' Apostel fallen ab!

Hernandez.

Das kam zu rasch und völlig unerwartet!
Es trifft mein Herz wie eines Schwertes Stoß.
So lange lebten wir so eng verbunden,
Daß ohne Schmerz sich nicht die Kette löst.
Doch zürne ich euch nicht; wohl habt Ihr recht:
Der Mensch bleibt ewig Mensch mit allen Schwächen.
So machen wir gemeinsam denn die Fahrt!

Duarte.

Du kehrst zurück nach Portugal? o sieh,
Das Meister, das ist klug und schön von Dir!
Was willst Du hier Dich einsam auch verkriechen,
Wo doch am Ende nichts zu wollen ist?
Die Schwarzen siehst Du, nimm es mir nicht
                                        übel,
Die kümmern sich den Teufel um den Bund.
Die freuen nur sich an der Heimlichkeit

Und warten d'rauf, daß einer wird Verräther,
An dem sie ihre Blutgier stillen können —
Die sind für solchen Menschenbund nicht reif!

Hernandez

(Pause; schlägt die Hände vor's Gesicht, athmet dann tief
auf und fragt)

Wo ist Bartolemeu?

Duarte.

    Der war schon hier
Noch ehe wir gekommen. Doch gesehen
Auf dieser Insel haben wir ihn nicht.

Hernandez (halb für sich.)

Loango — schwarzer Bruder — Du sprachst wahr!
Und Joam?

Duarte.

    Harret Deiner auf der Insel.
O der ist treu, der läßt Dich nimmermehr;
Der wird sich freuen, wenn er erst erfährt,
Daß alle wir jetzt nach Algarve kehren.

Hernandez (halblaut).

Er freut sich nicht! so wenig wie ich selbst!
Er war der Einzige, der mich verstand.

    (Zum Prior)

Was Bartol'meu betrifft, so könnt' wohl Ihr
Mir die erwünschte weit're Auskunft geben,
Da es nun festgestellt — er war bei Euch.

        10*

Prior.

Um seine Dienste mir als Steuermann,
Im Fall ich sein bedürfte, anzubieten;
Vor allem aber ihn von schwerem Eid,
Den er, durch die Verhältnisse gezwungen,
Und gegen seine Ueberzeugung schwur,
Kraft meiner Priesterwürde zu entbinden.

Hernandez (halblaut).

Auch unter Christi Jüngern gab es Einen,
Der ihn um dreißig Silberling' verrieth! — —
Und was hat ihn zu dieser That bewogen?

Prior.

Du magst ihn selber fragen, denn hier kommt er
Und mit ihm nahen sich die schwarzen Männer,
Die, wie die Waffen in der Hand verkünden,
Sich keinesfalls als Brüder friedlich nahen.

VII. Scene.

Vorige. Von Seite L. kommen Bartolemeu. Te-
laско. Loango und eine Anzahl Farbige, sämmtlich
mit Pfeil und Bogen oder Wurfspießen bewaffnet.

Prior
(zu Hernandez).

Willst Du als Meister sie — soll ich sie fragen,
Was dieser kriegerische Zug bedeutet?

Hernandez.

Du scheinest so mir Herr der ganzen Lage,
Daß ich dies Alles für ein Schauspiel halte,
Das Du in Scene mir zu Ehren bringst.
Spiel' Deine Rolle weiter bis zu Ende,
Noch ist sie, wie ich seh', nicht ausgespielt.

Prior.

Was führt in solchem Waffenschmuck die Brüder
Vor ihren Meister und den fremden Mann?
Wer spricht von euch im Namen aller Andern?

Telasko.

Mich forderten die schwarzen Brüder auf
Die Klage gegen jenen vorzubringen,
Der sich versündigt an des Ordens Ehre.

Prior.

Wen klagst Du an?

Telasko.

Hernandez selbst, den Meister!

Hernandez.

Neugierig bin ich zu vernehmen, was Telasko
Und And're — wie Loango und auch Du?!
Was gegen mich Ihr vorzubringen habt.
Doch kann ich's denken mir! denn im Vertrauen
Auf der geprüften Freunde Redlichkeit,

Hab' ich der Falschheit Thor und Thür geöffnet,
Und diesen hier, der sich als Feind des Ordens
Und als Verräther nur zu bald enthüllte,
Leichtsinnig meinen Brüdern zugesellt!
Ich kenn' die Klage und erwarte Spruch.

VIII. Scene.

Vorige. Strandwachen eilig von rechts.

Wache (zum Prior).

Verzeiht, Herr Prior, wenn ich hier Euch störe!
Doch wichtig ist die Botschaft, die ich bringe.
Wir sind getrennt vom Schiff! An zwanzig Boote
Mit Eingeborenen gefüllt, sie liegen
Gleich feindlichen Kolonnen auf der Lauer
Und wehren den Verkehr von dort nach hier.

Prior
(zu Telasko).

Was hat das zu bedeuten? Steht mir Rede!

Loango.

Darauf kann ich die richt'ge Antwort geben.
Ihr habt Bartolemen dazu getrieben,
Die schwarzen Brüder sämmtlich aufzuhetzen,
Zu Alvao's, des Meisters Untergang.
Doch gleiches Recht für Alle lehrt der Orden
Und wenn der Meister fällt, so fällst auch Du
Der sich mit Falschheit, Trug und Hinterlist,

In böfer Abficht bei uns eingefchlichen!
Getrennt bift Du vom Schiff und nicht entfliehen
Wirft Du Loango's ficherem Gefchoß!

Prior.

Wo ift des Schiffes Hauptmann Pedro Pirez?
Warum denn fchweiget noch des Schiff's Kanone,
Und wirft nicht ihren Hagel unter fie?

Wache.

Herr, Pirez ward feit Nacht nicht fichtbar mehr
Und beinah' wäre ich verfucht zu glauben,
Daß mit Gonçalvez er und deffen Gattin
An Bord des Schiffs nach Boavifta ging.

Prior.

Wie darf er's wagen, ohne die Erlaubniß
Sich dazu erft von mir geholt zu haben?
So gebt Signale denn mit euren Hörnern,
Laßt die Karthaune fchnell ihr Feuer fpeien.

Die Wache
(will ab; Hernandez tritt ihr in den Weg).

Hernandez.

Zurück! fteht ftill und rührt euch nicht vom Flecke!
(Zum Prior halblaut)
Wie? foll hier Menfchenblut in Strömen fließen?
Wollt Ihr ein Schlachten denn heraufbefchwören?

Glaubt Ihr, daß nur ein einzig Christenleben
Den Pfeilen dieser schwarzen Schaar entging?
Hier gilt es kalten Ernst und Ruhe zeigen,
Und diese kehrten schon zu mir zurück!

(Zur Wache.)

Ihr tretet dort auf jene Uferhöhe
Und meldet es, wenn wichtiges geschieht!

(Die Wache hinten zur Seite, rechts ab).

Schließt wie es Brauch in uns'res Tempels Raum
Den Kreis um mich und um des Meisters Stuhl. —
Ich, Kraft des hohen und erhabnen Amtes,
Das mir durch freie Wahl des Bundes ward,
Befehle Schweigen euch; der Meister spricht!

(Alle bilden einen Halbkreis um ihn).
(Bartolemeu hat die äußerste Ecke links, neben ihm
steht Telasko, dann folgen die Uebrigen; gegenüber hat
Loango die äußerste Ecke, neben ihm Tuarte u. s. w. —
Prior steht nicht in der Kette, sondern etwas abgesondert
nach der linken Mitte der Bühne zu).

Hernandez (nach einer Pause).

Zusammen kommen wir in Mondscheinnächten,
Und pflegen Rath um unser Wohl und Weh'!
Zum ersten Male seit des Ordens Gründung,
Seh'n wir versammelt uns im Sonnenlicht!
Ein ungewöhnlich sonderlich Ereigniß,
Liegt der Versammlung hier und heut zu Grund.
Gleichwohl erbitten wir nach Ordensregel
Zuerst vom höchsten Meister über Wolken,

Daß er mit seiner Weisheit uns erleuchte,
Daß seine Allmacht stärke unsern Geist,
Und seine Milde unser Herz regiere. —
(Pause.)
Ich sehe Waffen in der Brüder Händen,
Ein seltsam' Werkzeug in des Mannes Hand,
Der zu dem Bau des Tempels Steine trägt,
Der Frieden, Freiheit, Einigkeit umschließt.
Es braucht zur Sühnung einer Missethat
Nicht dieser Speere — ringsum rauscht das Meer.
(Pause; er steht mit ausgebreiteten Armen; Telasko und
Loango werfen zuerst ihre Speere hinter sich; dann
folgen à tempo die Uebrigen; die Handlung muß rasch und
möglichst geräuschlos vorübergehen).
Ich danke euch, schon kehrt die Kraft mir wieder,
Die unter harten Streichen war erlahmt!
Reicht euch die Hände, schließt die Bruderkette,
Und blickt mir fest ins treue Angesicht.
(Alle verschlingen die Hände).
Wir sehen heute uns und niemals wieder!
Zum letzten Male spreche ich zu euch.
Die Brüder wandten sich von ihrem Meister,
Und der Verrath zog triumphirend ein!
Ich falle als ein Opfer meinem Glauben,
Doch nimmer wird mein Werk im Wind verwehen,
Und sind auch die Apostel abgefallen,
Und fand sich auch ein Judas unter ihnen —
Er konnte nur den Leib des Herrn verrathen,
Es lebt der Geist in fester, sich'rer Hut.
Und eben jetzt, wo man den Ordensmeister,

Dem finstern Aberglaub' und Mißverstand
Zum Opfer bringt und so das Werk zu stürzen,
Das er geschaffen, zu vernichten glaubt —
Ist man im fernen Deutschland schon beschäftigt,
In hunderten und aber hundert Büchern,
In denen die verschlung'nen Zeichen stehn,
Was ich euch lehrte, in die Welt zu senden.

(Zum Prior)

Ihr werdet mich versteh'n und d'raus erkennen,
Daß eure Blutgerichte nutzlos sind.
Gedruckt wird schon das Buch, worin zu lesen,
Was ich mit diesem Menschenbund gewollt.
Des Geistes Licht, Ihr könnt es nicht mehr hemmen,
Der deutsche Guttenberg bahnt ihm den Weg!
Wohl wird noch mancher das Schaffot besteigen,
Der Eurem Arm und Druck nicht konnt' entflieh'n,
Doch muß die Finsterniß dem Lichte weichen,
Da sich der Druck des Wortes läßt vollzieh'n.
Setzt nur den Glauben an des Denkens Stelle,
Und füllt die Erde nur mit Ketzerblut —
Schon flammt der Stern! im Osten wird es helle,
Es bringt das Licht den Tod der Lügenbrut!

Prior.

O' Schändlicher! dreimal verruchter Ketzer!
Ich stürze Dich von Deinem morschen Thron. —
Im Namen Gottes und des heil'gen Stuhles
Sankt Petri, der ein sichtbar Zeichen
Der Allmacht Gottes und der Kirch' Herrschaft

Zu Rom steht, unsres Glaubens heil'ger Stadt:
Sprech' über Dich ich aus der Kirche Fluch!
Verhänge über dich den großen Bann. —
Aus Christi Kirche bist Du ausgestoßen,
In alle Ewigkeiten sei verdammt!
Das Sakrament ist Dir hinfort verweigert
Und das Gebet auf Deinem letzten Gang!
Ich ruf': Anathema! — Du bist verflucht!!

(Die weißen Brüder zeigen einige Unruhe, die Eingebornen
stehen theilnahmslos).

Hernandez (ruhig).

Du siehst' die Absicht Deines Fluchs verfehlt!
Mich trifft er nicht, denn machtlos prallt er ab
Am starken Panzer meiner Rechtlichkeit.
Hier, alle diese kennen Segen nur,
Ein Fluch ward nie in unsrem Kreis gehört!
Du mußt ein ander' besser Mittel wählen,
Um mir des Bundes Achtung zu entziehen.

Prior.

Für Dich hab' ich kein Wort mehr fürder übrig!
Doch ihr, die meinen Ausspruch ihr gehört,
An euch jetzt richte ich des Königs Worte,
Deß Unterthanen ihr euch ferner nennt!
Der Bund der Brüder auf den beiden Inseln,
Ist aufgelöst durch Königs Machtgebot. —
Bei Todesstrafe wird es keiner wagen,
Annähernd nur des Bundes zu erwähnen,

Der des Gedenkens selber nicht mehr werth.
Das nächste Schiff bringt Lehrer euch des Glaubens,
Der einzig und allein die Welt beherrscht.
Den Meister nehme ich von hier gefangen,
Nach Portugal auf meinem Schiffe mit,
Und lief're dort den fluchbeladnen Sünder,
Dem weltlichen Gericht zur Strafe aus.
Doch daß mit Wehmuth Ihr nicht denken sollt
An ihn, nachdem für immer er geschieden
Aus diesem Bunde und dem Kreis der Menschheit,
So höret, wie er selbst den Orden höhnte.
In euren Brüderbund, den jetzt gelösten,
Hat er, der selber das Gesetz geschaffen,
Daß Frauen nie dem Tempel sollen nah'n,
Hat er —

Duarte und die weißen Brüder.

Nun? —

Prior.

Ein Weib der Kette eingereiht!

(Allgemeine Bewegung).

Hernandez.

Wie kläglich ausgedacht! O wie so niedrig! —
Sind nicht die Brüder alle hier versammelt?
Erkennt ihr einen unter euch als Weib?

Loango.

Der Jüng're fehlt, der mit dem Priester kam.

Hernandez (erschreckt).

Juan! ganz recht, schon hatte ich vergessen.
Das — könnte — sein; und wäre er ein Weib,
So ist es ein Verbrechen mehr, das diesem
Zur Last zu legen wäre, doch nicht mir.
Noch hat indeß er uns nicht überzeugt.

Prior.

Der Jüngling heißt Juana Diolores.

Hernandez (bestürzt).

— Gerechter! meine Ahnung — sie trifft ein

Prior.

Und ist die Tochter des Infant Henrique,
Und Antao Gonçalvez' Eheweib!

Hernandez (aufschreiend.)

Das ist gelogen! Ha! Wo ist Gonçalvez? —
Wer ist dies Weib?!

Prior.

Juana Diolores,
Die heute Nacht die Bruderweih' empfing!

Duarte.

O pfui' der schändlichen Verstellungskunst!

Telasko.

Das, Meister trifft Dich nicht, das würde dieser
Vor unsres Bundes strafendem Gericht,
Nebst jenem Weibe, wenn sie's wirklich ist,
Vertreten müssen und es soll geschehen!
Ein and'rer Klagepunkt ward vorgebracht,
Und deshalb kamen wir, Dich zu befragen,
Ob wahr es ist und ob Du drum gewußt?
Denn wär' es wirklich wahr und wußtest Du's,
Dann Meister warst Du nichts als ein Betrüger,
Und unser Orden — nur ein Gaukelspiel!

Hernandez.

Ich hör' bestürzt Dich an und kann nicht fassen,
Wie Du nur solche Worte sprechen magst!
Betrüger — Gaukelspiel — Telasko sprich!

Telasko

Es wird mir wahrlich schwer es auszusprechen,
Allein es muß! der weiße Bruder hier,
Bartolomeu, er kam am frühen Morgen
Zu unf'ren Hütten und erzählte uns:
Der Meister sei nicht wahr mit uns gewesen,
Er täuschte uns schon all' die lange Zeit —
Und — und —

Hernandez.

Du spannst mich auf die Folter, sprich!

Telasko.

Die weißen Brüder sei'n nicht alle Brüder —
Es sei ein Weib darunter —

Hernandez.

Bin ich denn
Bei Sinnen noch? ward ich zum Kinderspott,
Daß so man mich den ernsten Mann verhöhnt?
Was? Thorheit und kein Ende! Eine Bosheit,
Die dieser biedre Gottesmann, mit ihm
Dem Judas dort zusammen ausgeheckt,
Um mir mein Anseh'n bei euch zu verkürzen.
Zu plump erdacht, als daß sie schaden könnte.

Telasko.

So dächten gerne auch die schwarzen Männer,
Wahrhaftig, Meister, alle lieben wir
Und ehren Deinen g'raden reinen Sinn.
Doch ist so ohne Grund die Klage nicht.

Hernandez.

Nun denn, wer sollte denn von diesen allen —?
Nur Joam fehlt — —

Telasko (rasch).

Der g'rade soll es sein!

Hernandez.

Joam ein Weib? Telasko, Du ein Mann
In reifen Jahren schon! wie kannst Du glauben,

Daß in so langer Zeit von sieben Jahren,
Ein Weib im Bunde sich bewegen konnte,
Das keinem von uns Allen wär bekannt?

Telasko.

Bartolemeu war sie sehr wohl bekannt.

Hernande;
(vor sich hin, halblaut und schnell).

Joamo, dessen reinste Bruderliebe,
Mich all' die lange Zeit vergessen ließ,
Daß jemals ich ein Weib zuvor geliebt?
Und diese Juana, die ich innig liebte —
Sie kommt hierher, verkleidet sich als Mann,
Und schwört in meine Hand den Eid des Bundes
Um mich dem Ketzerrichter auszuliefern!
Und Joam, der vor wenig Stunden noch
So heiß dem Schutz des Höchsten mich empfahl,
Er — dessen Freundschaft — den ich zärlich liebte,
Er, der so kalt, ja oftmals schroff erschien,
Der nie die Zärtlichkeit erwiedern mochte,
Die ich so gern ihm doch entgegentrug —!
Das war's also — ! ja, das kann — möglich sein!
(Fährt plötzlich mit beiden Händen nach dem Kopfe).
Mich faßt der Wahnsinn! Wer sprach hier, er
kannte
Joam als Weib — ah Du — Bartolemeu!
Verräther Du! Ischarioth! was that
Dein Meister je Dir Böses, daß Du so

Ihn mit Gespött und Schande überhäufst?
Sprich aus, was trieb Dich an?

Bartolemeu.

Die Eifersucht! der Haß,
Den ich für Dich die lange Zeit gehegt!
Denn Joam — weg mit dem geborgten Namen,
Felipa war mir feierlich verlobt,
Sie war die einz'ge Liebe meines Lebens,
Du stahlst sie mir und deshalb haßt' ich Dich!

Hernandez.

Ich stahl sie Dir? Mensch, schone des Verstandes
Der sich bei mir in irrem Wirbel dreht!
Ich stahl sie Dir?

Bartolemeu.

Bei Gott, das thatest Du!
Als Dich sie sah, war mir ihr Herz entfremdet!
Um Dich nur zog sie mit mir auf das Meer.
Du rettetest sie aus dem Wassergrabe
Und schon wollt' sie sich ganz Dir eigen nennen,
Da sah sie mich, den eben ausgestoßen
Die neid'sche Fluth — den Störer eures Glück's!
Ich legte ihr den Eid des Schweigens auf,
Ich zwang sie Mann zu sein und es zu bleiben!
Doch nicht mehr länger mag ich es ertragen,
Mit anzusehen, wie voll heißer Liebe
Sie an dem Meister hängt und mich verschmäht!

11

Doch will ich ehrlich selbst als Feind Dir sein —
D'rum hört: ich schwör's — Hernandez Euer
Meister
Hat bis zur Stunde nichts davon gewußt —
Ja nichts geahnt von dem, was ich gekündet.
Ich hatte schon ihr Herz an Dich verloren,
Als dort die Insel ich mit euch betrat;
D'rum haßt' ich Dich, Du mußtest untergehen
Und darum zieh ich hier Dich des Verraths.

Prior.

Ihr hörtet jetzt — sowohl Ihr weißen Männer
Wie auch die Schwarzen, daß ein schnödes
Spiel
In Eures Tempels Räumen ward getrieben.
Die heilige Begeisterung, die euch zwang
Den Worten eures Meisters fromm zu lauschen,
Ward frech gehöhnt. — Und die geweihten Lehren
Wie die Geheimnisse, die ihr verschwiegt
Dem Weib, der Schwester, euren Müttern, Töch=
tern,
Dieß alles hat ein Weib mit euch getheilt,
Die abgestreift der Frauen sanftes Wesen,
Und jede Rücksicht auf die Züchtigkeit,
Als falscher Bruder unter Brüdern lebte.
Ein lustig' Fastnachtsstück, fürwahr! erfährt's
Die Welt, so wird man herzlich darob lachen.

(Große Bewegung unter Allen.)

Hernandez.

Entſetzlich wäre, wenn dieß Alles wahr!
Wenn nicht ein ſchwerer Traum mich höhnend
neckt.

Und dennoch wache ich. Hier ſprach man aus,
Daß all' mein Denken, Sinnen, Hoffen, Glauben
Nichts weiter war als läppiſch' Faſtnachtsſpiel —
Und daß ein Weib des Tempels Raum entweihte,
Daß ich getäuſcht, betrogen all' die Meinen
Und daß mein Ideal — ein großes Nichts!?
Gerechtigkeit des Himmels! wär' es wahr,
So fände ſich im unermeß'nen Raum
Der Weltenſchöpfung nie ſo ſchwere Buße,
Die ſolche Schmach und Schande ſühnen kann!
Kein Thau des Himmels macht die Flecken ſchwinden,
Die mir die Scham in's Angeſicht gemalt!
Der Märtyrtod, den Huß und Molay ſtarben,
Ich wäre ſolcher Ehre nimmer werth!
Ich war nichts weiter als ein Charlatan,
Ein Harlekin, ein hirnverrückter Thor,
Für den ein ew'ger Kerker noch zu gut!
Ein Narrenhaus, das ſchlimmſte ſolcher Art,
Müßt' mir aus Mitleid ſeine Thore öffnen
Und Alle, denen dieſes Haus Aſyl,
Worin die Fackel der Vernunft gelöſcht,
Sie müßten höhnend, jauchzend mich umringen,
Im Wahnſinnsſchrei die Bruderkette ſchlingen
Und unter Tollen mich den Meiſter nennen.
(Schlägt die Hände vor's Geſicht.)

11*

Wache
(von hinten Seite Rechts).

Ehrwürden, auf dem Schiffe wird's lebendig,
Man zieht die Flagge auf! (Kanonenschuß.)
                        Da hört den Schuß!
(In weiterer Ferne ein zweiter Kanonenschuß.)
Da kehrt Gonçalvez mit dem Schiff zurück!
Die Wilden jagen rasch dem Ufer zu! (ab.)

Telasko.

Die Waffen auf und kämpft für eure Freiheit!
Die Speere richtet auf der Fremden Brust,
Die keine Treue, nur die Falschheit kennen,
Die heuchelnd Freunde sich und Brüder nennen
Und im Verrathe finden höchste Lust.

Hernandez.

O send' Telasko mir den Pfeil in's Herz!
Durch Dich, durch einen Wilden will ich fallen!
Wohl sprachst Du wahr: die Falschheit, Tücke
                        wohnt
In Allem, was Euch von Europa kommt.
Den geist'gen Wall, den ich um Euch gezogen,
Vernichtet ist er, in die Luft gesprengt!
Der Feind dringt ein, ihm ward das Thor ge=
                        öffnet,
Weil ihr zu blind den Hütern habt vertraut!
Ein Luftgebild' war unser Prachtgebäude,
Erzeugt von Fieberträumen der Vernunft —

Es niften Schlangen in des Tempels Räumen
Ein einz'ger Biß genügt — die Mauer fällt!

Loango.

Doch soll sie ftürzend Jene mitbegraben,
Die frevelhaft des Tempels Grund gehöhlt!
Dich Meister kann nicht Schmach und Schande
treffen,
Denn Du bist Mensch und trauteft, fo wie wir.
Die Weißen all' fiud von Dir abgefallen,
Die Wilden bieten Dir ein fest' Afyl.
Sprich nur ein einzig' Wort und Alle fterben
Und nie zurück trägt fie der Schiffe Kiel.

(Alle Wilden erheben die Speere oder fpannen die Bogen
auf den Prior und Bartolemeu gerichtet.)

(Ein Kanonenschuß fällt näher.)

Wache (eilig).

Herr! um den Felfenvorsprung dort nach Norden
Biegt jetzt ein Schiff; die Segel fiud gefchwellt
Und g'rade hält es auf die Platte zu!

Loango.

So rasch zum Schluß! es fterben die Verräther!

Juana
(hinter der Scene links).

O haltet ein!

Telasko.

Wer ruft? wer naht fich da?

IX. Scene.

Vorige. Juana in fliegender Eile von links, ihr folgen
nach kleiner Pause Pirez, der Joam führt.

Juana.

O haltet ein! Ihr tödtet euren Meister,
Der schuldlos rein an Allem, was geschah!
Der falsche Priester trägt allein die Schuld —
Er lockte mich — das Weib — in euren Bund.
Und daß Joamo hier — Felipa ist
Und vom Beginne schon des Tempelbaues
Als Bruder zu dem Werk die Steine trug,
Ist nur allein die Schuld Bartolemeu's,
Der sie durch schweren Eid dazu gezwungen.
Alvao ist und war der Lüge fremd
Und wie sein Wort ist auch sein Denken rein!

Loango.

Nicht uns verlangt es nach des Meisters Leben,
Der seiner Bruderlieb' zum Opfer fällt;
Doch um ihn vor der Kirche Macht zu retten,
Muß dieser fallen, der ihn opfern will.
Schon naht ein zweites Schiff und bringt die
                                    Häscher,
Die unter dem Befehl des Königs steh'n;
Der Priester stürzte unser'n Bau zusammen,
Den Feind begrabend soll er untergeh'n.

(Will auf den Prior zu.)

Juana

(ſich vor ihn werfend).

O haltet ein! Gonçalvez iſt an Bord,
O richtet nicht, bevor er hier erſchienen.
Er kommt, Hernandez, ſeinen Freund zu ſchützen
Und bringt den Vater, den Infanten mit.

(Große Bewegung.)

Harrt kurze Zeit! nicht ſollt Ihr Blut verſpritzen.
Der Vater richtet! Prior, keinen Schritt!

(Tritt vor denſelben, der Miene machte nach dem Hinter=
grunde zu gehen.)

Vor Allen hier ſollt Ihr die That vertreten;
Den Mann erheben, den Ihr liſtig traft!
Harrt des Gerichts, denn ſonſt bei meinem Leben,
Bin ich es ſelbſt, die mit dem Tod Euch ſtraft.

(Zu Hernandez, welcher ganz verſunken in ihrem Anblick
dageſtanden.)

Alvao, theurer, ſchwergeprüfter Freund,
Erkennſt Juana Du — Dir einſt ſo theuer?
O bei der Liebe, die Dein Herz entflammte,
Zu mir, dem Mädchen, ohne Rang und Namen,
Beſchwör' ich Dich, komm' mit zum Vaterland.
Die Freundſchaft meines Vaters, des Infanten,
Die unbegrenzte Liebe meines Gatten,
Die Achtung Deines Volks, des Königs Gnade,
Sie mögen Dich entſchädigen für Alles,
Was dieſes Prieſters finſt'rer Glaubenseifer,
Von Deinem Leben Dir und Glück geraubt —
Und in der Heimat ſchönſtem Blumengarten,

Leb' hoch beglückt, beseligt durch die Liebe,
Die Dir ein Weib so rein entgegenbringt,
Wie nie geläuterter die hehre Flamme
— Der Gottesfunken in der Menschenbrust —
Glanzvoller strahlte in dem Herz des Weibes,
Als in Felipens Brust, sie loht für Dich.

(Führt Felipa vor, welche vor Hernandez niederkniet, die
Hände bittend zu ihm aufhebt und mit Thränen erstickter
Stimme spricht.)

Felipa (Joam).

Alvao — theurer Mann — verzeihe mir!
An Deinem Ideal hab' ich gesündigt —
Gezwungen that ich's, denn mich band ein Eid.
Um all' der Pein, der Qual, die ich gelitten,
Um meine Lieb' für Dich — verzeihe mir!

(Schlägt die Hände vor's Gesicht.)

Hernandez
(wie träumend in's Leere starrend).

Es tönt Musik — ich höre Aeolsharfen —
Es schwebt ein Seraph auf mich zu im Licht —
Er winkt, ich kenne Dich — Du bist Fernando —
Du bist es — Dich umstrahlt ein Heil'genschein.
Ich höre Dich — was flüsterst Du mir zu?
Rein war — Alvao — stets Dein Herz, Dein Sinn!
Ich reiche Dir zum Lohn den frischen Kranz —
Der Menschenliebe köstlichsten Gewinn —
Er ziere Dich und sie — im Strahlenglanz.

(Wie erwachend.)

Er ziere sie — und mich) — den Bruder —

Joam

Da bist Du! sieh', da bist Du wieder ja!
Nein Du verläßest nimmer Deinen Meister,
Heran zu mir — mit Dir im Tod vereint —
Streb' ich mit Dir empor zum Glanz des Lichts,
Und dort erkennen wir — ein großes Nichts!

(Bricht in konvulsivisches Lachen aus.)

Juana.

Allmächtiger, der Wahnsinn faßt ihn an!

Prior.

Es straft der Himmel selbst die Missethat!

Juana.

Gonçalvez, wo nur bleibst Du, theurer Mann?
O Pirez kommt das Schiff noch immer nicht?

Pirez

(war etwas früher nach dem Ufer gegangen und hat in die
Scene geblickt).

Schon liegt es still, der Anker ist geworfen
Und eben läßt man auch ein Boot herab!

Juana.

Gelobt sei Gott, so ist noch Rettung möglich,
Felipa zage nicht, kommt erst Gonçalvez,

So wird der irre Geist alsbald gefunden,
Ich winke ihm vom Strand, (auf Alvao) geh, sprich
zu ihm!
(Geht nach hinten und stellt sich neben Pirez, von wo aus
sie während des Folgenden mehrere Male lebhaft mit dem
Tuche winkt.)

Celasko
(rasch und leise zu Loango).

Es drängt der Augenblick, soll Jener leben,
Der Pfaffe, der sich in's Geheimniß schlich?
Legt erst das Boot an Land, dann ist's zu spät.

Loango
(zu Alvao).

Meister, ermanne Dich, wir steh'n zu Dir!
Und treu dem Orden werden stets wir sein!
Du bist der Herr, Du hast den Spruch zu künden;
Auf zög're nicht! sprich ihn — wir sind bereit!

Hernandez
(halblaut vor sich hin).

Wer sich versündigt an des Bundes Ehre,
Und schädigt seine Brüder durch Verrath —
Deß Herz den Flammen und den Leib dem Meere,
Der Klage folgt der Spruch; dem Spruch die
That!
Wer ist der Schuldige und wer soll fallen?

Celasko.

Der Priester und Bartolemeu, der Falsche!

Hernandez.

Und nicht auch ich? ich bin des Todes schuldig
Und ich und Joam sterben im Verein!

Celasko.

Du bleibst bei uns — Felipa sei Dein Weib!

Loango.

Wir schützen Euch vor Pfaffentrug und List!

Hernandez.

Mein Weib — Felipa — und ihr könnt vergeben,
Daß sie kein Mann und doch ein Bruder war?

Loango.

Der alte Tempel sinkt in sich zusammen!
Der Bruderlieb' allein war er geweiht —
Doch steigt verjüngt empor aus hellen Flammen
Der Hochaltar der reinsten Menschlichkeit.

Hernandez
(in Extase).

Und in den Bund der Menschheit tritt die Liebe,
Tritt die Natur in ganzer Schönheit ein!
Ich bleibe hier! der finst're Wahn zerstiebe —
An ihrem Herzen will ich selig sein!

Bartolemeu.

Doch erst nimm das von mir! das Weib ist mein!

(Stürzt mit gezücktem Dolche auf ihn zu; Felipa, die auf der entgegengesetzten Seite der Bühne stand, stürzt im selben Momente nach der Mitte der Bühne und fängt in ihrer Brust den Stoß auf; Hernandez hält sie in seinen Armen, während sie sanft zur Erde niedergleitet.)

Alle.

Mord! Mord! halt ein!

Prior (für sich).

Sie opferte sich ihm!

Juana

(vorstürzend).

Felipa, Allbarmherz'ger, sie ist todt!

Felipa (Joam).

Ich sterb' für Dich! den Mörder richte Gott!

(liegt auf der Erde; Alvao kniet hinter ihr.)

Bartolemeu.

Ich wollt' es nicht, sie selbst lief in den Weg!
Nun lebe Meister oder stirb — gleichviel.
Das Weib, das ich geliebt, es ist verloren,
So Dir wie mir; ich hab' erreicht mein Ziel!

(Rasch in die erste Coulisse links ab.)

Loango.

Wohl ist's erreicht und deshalb fahre hin!

(Ihm nach mit erhobenem Speere.)

X. Scene.

Vorige ohne Bartolemeu und Loango. Vom Ufer
steigen herauf der Infant. Tristao. Gonçalvez
und gewaffnete Matrosen.

Gonçalvez
(ruft sobald er sichtbar ist).

Raum für Henrique, Prinz von Portugal.

Juana
(dem Vater entgegeneilend, der sie in die Arme schließt).

O Vater, Du verweiltest allzulange!
Unselig Schicksal, daß der Prior kam.
Des Wahnsinns Nacht hält Deinen Freund um
fangen,
Sie traf ein Dolch und ich erlieg dem Gram.

Pirez.

Tristao schnell, vielleicht ist noch zu retten
Das zarte Leben. Rasch, verbindet sie!

Tristao
(ist um Felipa beschäftigt, indem er vor ihr mit dem Rücken
nach dem Zuschauer niederkniet; sobald Hernandez die jetzt
noch innehabende Stellung ändert, kniet Juana an dessen
Stelle, so daß dem Publikum die Arbeit des Arztes unsicht=
bar bleibt.)

Infant
(zum Prior).

Schon hat Gonçalvez mir die Art berichtet,
Wie mein Vertrauen gröblich Ihr getäuscht!

Ein ätzend' Gift hat seinen Geist vernichtet,
Das Ihr gemischt — aus Eurer Näh' mich scheucht.
Es wird der König Euer Urtheil sprechen,
Nachdem die Kirche die Sentenz gefällt,
Und rechnet d'rauf, sie wird den Stab Euch brechen,
Denn Eure Mittel waren schlecht gewählt.

Prior.

Ich steh' in Gottes, in Sankt Peter's Hut
Und nicht bereue ich, was ich gethan.
In ihm erstickte ich der Ketzer Brut,
Und brach ihn aus des Drachen gift'gen Zahn.
Mit Gottes Hilf' hab' ich mein Werk vollendet
Und unerschrocken harr' ich des Gerichts;
Die größte Fährniß habe ich gewendet
Von Kirch' und Staat, denn furchtbar war
                                    sein Nichts!

Hernandez

(der mit Gonçalvez Hilfe aufgestanden war und apathisch
auf Felipa starrte, schreit bei diesem Worte grell auf und
stürzt vor in wildester Leidenschaft).

Das große Nichts! ich hört's, wer sprach das
                                    Wort?
Ha, dieser hier! der Priester aus der Hölle.
Du fürchtest dieses Nichts — und fort und fort
Verfolge Dich des Tempels Schuttgerölle,
Den mit den Geistern Du der Finsterniß,
Und mit Petarden aus der Unterwelt,

Durch Lüge, Heuchelei und Schurkenstreiche,
Zertrümmert hast — Satan's erwählter Held!
Es balle sich in seinem Lauf zusammen,
Wohin Du immer ziehst, es folg' Dir nach!
Und aus dem Schutte züngeln helle Flammen,
Sie sind des Geistes Licht, der in ihm brach.
Du konntest brechen ihn, doch nicht zerstören,
Und auf der Erdenfläche überall
Strömt hin des Feuers Glut in tausend Röhren
Und stürzt der Finsterlinge morschen Wall.
Die Zeit ist da! die Schatten müssen weichen,
Ein leeres Schemen — muß die Nacht entflieh'n.
Den Glanz der Sterne wird die Sonne bleichen
Und Freiheit wird im Lichte neu erglüh'n.
Geläutert wird die Menschheit sich erheben,
Zum Himmel schauen freien Angesichts;
Die Geistesmörder aber zittern, beben,
Wenn neu erstehen wird das große Nichts!!

(Wendet sich, will nach dem Ufer zustürzen, bricht aber auf
dem Wege dahin zusammen und wird von den Umstehenden
aufgefangen.)

(Vorhang fällt rasch.)

Fünfter Akt.

In Algarvien.

Reizende Gebirgslandschaft mit einzelnen zerstreuten Hütten.
Links in der zweiten Coulisse steht ein einfaches Häuschen
von freundlichem Ansehen. Eine steinerne Treppe von meh=
reren Stufen führt zu einer kleinen Veranda hinauf, deren
Balluftrade mit wildem Wein umrankt ist.

1. Scene.

Juana. Infant. Tristao. Cavaliere. Pagen.
Sofort, wenn der Vorhang aufgezogen ist, ertönt von der
rechten Seite hinten eine kurze Hornfanfare; alsbald öffnet
sich die Thüre auf der Veranda und Juana tritt heraus,
sieht erst mit über das Auge gehaltener Hand in die Scene
und ruft dann, indem sie die Treppe hinab= und dem Auf=
tretenden entgegeneilt:

Er ist es, der Infant! Willkommen Vater!

Infant

(von Seite Rechts hinten mit den Uebrigen auftretend und
seine Tochter umarmend).

Juana, sei mir tausendmal gegrüßt!
Da siehst Du nun, wie ich um Dich mich sorge;
Denn kaum von Lissabon zurückgekehrt,
Kaum, daß ich noch das Reisekleid gewechselt,
Ritt' mit Tristao ich heraus zu Euch.

Nun, Dir geht's gut! Du blühst wie eine Rose!
Bei Deinem Manne wird's das Gleiche sein,
Denn den erhält allein sein froher Sinn.
Seh' ich ihn nur, so geht das Herz mir auf,
Und freue mich ob meiner Tochter Glück.
Wo ist er?

Juana.

Fort! Hernandez abzuholen.
Denn, wie Tristao Euch wohl schon erzählt,
Hat er den heut'gen Tag dazu bestimmt,
Den letzten, äußersten Versuch zu wagen,
Um jene finstern Schatten zu verbannen,
Die unsres Freundes Geist umfangen halten.
Mög' es gelingen — und ich glaub' es fast.

Tristao.

Ich hege selbst die beste Zuversicht.
Mit diesem Tage soll das Leiden enden.
Habt Ihr Madonna, demgemäß gehandelt,
Und ist Felipa für das Werk bereit?

Juana.

Jetzt eben wurden mit dem Putz wir fertig.
Ach, sie sieht reizend aus — ein Engelsbild!
Und Euer Plan war prächtig ausgedacht;
Dies ist das Häuschen, das Felipa einst
Mit ihrer Mutter nur allein bewohnte,
Und das Hernandez mehremals betrat,
Um sich am Rebensafte zu erlaben

12

Und von der Jagd ermüdet auszuruh'n.
Hier lernte er das Mädchen flüchtig kennen,
In dessen Leben er so mächtig griff.
Hier soll er heute die Geliebte finden,
Und sie als Joams Schwester wiedersehen.
Gonçalvez führt ihn her, es ist die Stunde,
Wo mit Hernandez er erscheinen wollte.
Laßt doch, mein Vater, ein Signal ertönen,
Das meinem Gatten, der gewiß nicht fern,
Bedeutet, daß wir seiner hier schon warten.

Infant

(gibt seinen Jägern einen Wink; diese gehen nach hinten und blasen eine kurze Fanfare).

Juana.

Nun horcht, ob keine Antwort von ihm kommt!

(Kleine Pause, dann ertönt in einiger Entfernung ein Hornruf.)

Da ist sie schon! Schickt doch die Leute fort,
Mein Vater, denn was ferner hier geschieht,
Entziehe sich dem ungeweihten Auge;
Sie mögen in der Villa Euch erwarten.

Infant.

Geht denn vorauf nach Villa Diolores,
In wenig Stunden kommen wir euch nach.

(Das Gefolge hinten rechts ab).

Juana.

Und nun noch eine Frage, lieber Vater!
Was wurd' in Lissabon ob jenes Priors
Vom Könige verfügt?

Infant.

Nicht viel, mein Kind,
Und eigentlich — der König ist im Recht,
Und kann ich seinen Spruch darum nicht tadeln.
Von seinem Standpunkt aus hat Dom Michalo
So Unrecht nicht gethan, wenn eine Sekte,
Die unsrer Religion entgegen war,
Er, eh' sie weiter sich verbreiten konnte,
In Ihrem Haupte zu vernichten strebte:
Nur seine Mittel waren schlecht gewählt.
Auch hatte er in allzugroßem Eifer
Die Vollmacht überschritten, die ich ihm
Bezüglich der Person des Ordensmeisters
Auf meinem Krankenlager übergab;
Und darum hat mein Neffe denn entschieden,
Den letztern Fehler nur gelind zu strafen,
Und ihn auf kurze Zeit vom Staat verbannend,
Hinüber nach den neuentdeckten Ländern
Am Gambia und am Senegal zu senden.
Er soll des Königs neuen Unterthanen
Den Segen unsres heil'gen Christenglaubens
Zugleich mit einer Botschaft überbringen,
Die ihn als jenes Landes höchsten Richter,
Und Gouverneur von Senegambien nennt.

12*

— So ist er ferne zwar, doch auf wie lange?
Und unser Freund hat einen schlimmen Feind
An ihm, vor dem ich auf die Dauer ihn
Selbst nicht beschützen kann. D'rum soll er weg,
Wenn ganz er erst genesen und die Liebe
Heilt rasch und sicher oft geschlag'ne Wunden.
Dann zieh' er fort mit dem geliebten Weibe
Nach Norden hin, da wo des Geistes Funke
Zur hellen Flamme sich entfachen kann
Und wo sein Traum von freier Menschenliebe
Vielleicht am eh'sten noch zur Wahrheit wird.
Dort, wo der Boden für den Bau des Tempels
Der Freiheit und des Licht's mir fester scheint,
Als hier bei uns im Süden er zu finden,
Mag er versuchen ihn auf's Neu' zu gründen.

Cristao.

Mit dem Gedanken hat er abgeschlossen!
Er tritt als Reformator nicht mehr auf —
Der eine Tag hat seinen Muth gebrochen
Und ihm sein Ideal im Geist zerstört.

Infant.

Nun, um so lieber mir und meinem Herzen,
Das an dem jungen Mann voll Liebe hängt
Und ihn vor Täuschung gerne sicher weiß.
Jedennoch wird er selbst mit Lust und Eifer
Den Plan erfassen und von dannen zieh'n. —
Beglaubigt als Gesandter Portugals
Beim freien und gewalt'gen Bund der Hansa

Ist unantastbar er, frei von Verfolgung,
Die selbst, von Rom aus nicht mehr schaden kann.

(Ein Horn ertönt ganz nahe.)

Juana.

Da ist mein Mann und mit ihm auch Hernandez!
Geschwind in's Haus, mein Vater. Kommt Tristao!
Jetzt sprechet Muth ihr ein, daß nicht erlahme
Im letzten Augenblick der Heldin Kraft.

(Infant mit Tristao in's Haus ab.)

Juana

bleibt noch einen Augenblick auf der Veranda stehen und
wartet die Ankunft der beiden Männer ab; dann gibt sie
Gonçalvez einen verständnißvollen Wink, zeigt auf das
Haus, als wolle sie andeuten, die verstandene Person sei
darinnen und nachdem Gonçalvez ihr leicht zugenickt,
verschwindet sie von Hernandez ungesehen im Hause.

II. Scene.

Gonçalvez. Hernadez von links hinten.
(Beide sind in der Tracht portugiesischer Edelleute; Gonçalvez hat ein Hüfthorn an der Seite.)

Gonçalvez.

Welch' wunderschönes, friedlich stilles Thal!
In diese Gegend kam ich vormals nie
Und hab' Algarvien doch in meiner Jugend
Zu Fuß und Roß gar häufig schon durchstreift.
Meinst Du nicht auch, Alvao? Ist's nicht schön?

Hernandez
(trüb und schwermüthig).

Wohl ist es schön! Ich kenne diese Thäler
Und g'rade dieses war mein Lieblingsplatz!
Es knüpfen im Erinnern schöne Bilder
Aus der Vergangenheit sich an dies Dorf. —
O, was liegt all' mir in der Zeit begraben,
Von diesem Augenblick, da ich's betrete,
Und jenem, als ich auf der Jagd verirrte,
Und hier die Gastfreundschaft der biedern Witwe
Und deren Tochter einst in Anspruch nahm.
Dies ist das Häuschen. Oefters kam ich dann,
Weil mich der Weg nach Villa Diolores
Noch häufig später hier vorbeigeführt.
O, es erinnert mich an schöne Zeit,
Die ach, so bitter für mich enden sollte.

(Reicht Gonçalvez die Hand.)

Vergib, mein Freund, ich habe überwunden!
Und da sie mir nicht ward, so ist's mir Trost,
Daß sie den liebsten Freund so reich beglückt.

Gonçalvez.

Das thut sie, Freund, und ich lieb' sie nicht minder;
Ja, wär' das höchstbeglückte Menschenkind,
Wollt' mir's gelingen nur den Gram zu scheuchen,
Der nagend Dir Dein Leben untergräbt.
Was denkst Du, lieber Freund, Du bist genesen
Von schwerer Krankheit jetzt, die Dich beim Haar
Dem Tode überliefert hätte, wär'

Tristao nicht, der Arzt, zur Stell' gewesen,
Und hätte nicht ein günst'ger Wind das Schiff
In kurzer Zeit von dort hierhergetrieben.
Hier konntest leichter Du die Pflege finden,
Die Du bedurftest und die milde Luft
Der Heimat scheuchte jenes böse Fieber,
Das Dich geraume Zeit umfangen hielt,
Und wie gesagt, dem Grab' Dich nahe brachte.
Wie wär' es nun, — Tristao meint es auch),
Wenn Du mit mir und meiner Frau auf Reisen,
Nach Frankreich, England oder Deutschland gingst?
Ich habe selbst Paris noch nicht gesehen,
Und Du, so viel ich weiß, ja auch noch nicht.
Das würde Dich zerstreuen, Du siehst Menschen,
Siehst vieles Schöne; denn in Kunst, Gewerken,
Im Denken sind uns jene Länder vor. —
Gefällt der Vorschlag Dir? Ich bin dabei
Und würde Dir mit meiner Fröhlichkeit
Auf dieser Reise allen Gram verjagen,
Der aus Vergangenem noch an Dir hängt.

Hernandez.

Antao, ehrlich' treue, gute Seele,
Für Deine Liebe meinen heißen Dank!
Ja, gäb' es Jemand auf der weiten Erde,
Der meinen tiefen Kummer lindern könnte,
Der nagend mir an Hirn und Herzen zehrt,
So wärest Du es, Du nur ganz allein! —
Doch allzutief drang jener Dolch in's Leben,

Den sie in ihrem Herzen aufgefangen,
Und der sie mir auf immerdar geraubt.
Ich könnte trösten mich ob meiner Schmach,
Die ich erlitt in jener schweren Stunde;
Ich könnte selbst den herben Spott vergessen,
Mit welchem mich der Prior dort besudelt;
Ich könnte auch das tiefe Weh verwinden,
Daß mir mein Ideal in Trümmer fiel!
Ich könnte mich in dem Gedanken trösten,
Ich war für solches Werk nicht stark genug,
Und da ich nicht die Kraft es zu vollenden
In mir besaß, hab' ich es selbst zerstört.
Leb' ich doch heute noch dem festen Glauben,
Es kommt der Tag, er bleibt gewiß nicht aus,
An dem das große Licht den Menschen leuchten
Und Alle einen wird in einem Haus.
In diesem Glauben könnte ich ertragen
Den Schmerz um mein verloren Erdenglück,
Doch ewig wird an meiner Seele nagen
Die Trauer um Felipens Fluchgeschick.

Gonçalvez.

Nun, dieser Bann wird auch, so hoff' ich, brechen,
Ich rechne auf den Beistand einer Frau.
Ich durfte noch bisher nicht davon sprechen,
Weil es der Arzt verbot. Doch sieh', ich bau'
Mein ganzes Hoffen auf den Sieg der Liebe,
Wenn plötzlich Dir ein Weib ge'nüber steht,
Das glühend weckt die lang verhalt'nen Triebe
Und Gram und Kummer sind mit eins verweht.

Hernandez.

O, schäme Dich, noch Spott mit mir zu treiben,
Und mich zu höhnen, wie mein tiefes Leid.
Nach dem, was ich erlitten, werd' ich bleiben
So wie ich bin! Auch bände mich ein Eid.

Gonçalvez.

Wohl der, den Du im Orden einst geschworen?
Mein lieber Freund, des Eides bist Du quitt!
Der Bund ist todt, Du bist auf's Neu geboren
Und bis zur Liebe fehlt nur noch ein Schritt.
Doch bin vom weiten Gang ich halb verschmachtet
Und gäb' wie viel um einen Becher Wein.
Ich hab' vorher nicht recht darauf geachtet,
Doch sagtest Du ja wohl, (auf das Haus zeigend)
                              hier kehr' man ein?

Hernandez.

Das war vor Jahren! Doch ein frischer Trunk
Ist in den Bergen hier in jedem Haus;
Man bittet einfach, ohne Wortesprunk,
Sich von dem Wirthe einen Becher aus!

(Geht nach dem Hause; wie er die erste Stufe betritt, öffnet
sich die Thüre und Felipa (Joam) tritt aus derselben auf
die Veranda, in der reizenden Tracht der portugiesischen
Landmädchen; sie hält einen geschnitzten Pokal in der Hand;
so wie er sie erblickt, bleibt Hernandez mit einem Fuße
auf der Treppe wie gebannt stehen und starrt Felipa an.)

Gonçalvez
(bei Seite.)

Das war der eine Schritt, der ihm noch fehlte!
Bald hält' die Ehe ihn in festem Bann,
Und wenn erst wieder Liebe ihn beseelte,
Dann ist der Bruder todt — es lebt der Mann!

III. Scene.
Vorige. Felipa.

Felipa
(mit merklicher Anstrengung).

Ich hörte schon durch's Fenster Dein Begehren
Und eile, wie's von Alters' her der Brauch,
Den lieben Gast, der uns besucht, zu ehren,
Ich trink' Dir zu, bring Du's dem Freunde auch.

Hernandez
(nimmt unwillkürlich den Becher, reicht denselben ohne selbst
zu trinken an Gonçalvez, im Zurückgehen aber immer
Felipa unverwandt anstarrend; so wird die Treppe frei
und Felipa steigt herab).

Felipa.

Wie, Du verschmähst den Trunk? Der Wein ist gut;
Vor sieben Jahren kehrtest oft Du ein!
Da stand das Haus noch in der Schwester Hut,
Die über'm Meere ging zum Himmel ein!

Hernandez

(wie im Traume, halblaut).

Ich bin gestorben — bin nicht auf der Erde,
Denn diese ist Felipens Ebenbild!
Und jetzt entsinn' ich mich, am heim'schen Herde
Sah' ich sie vormals schon. Wie blickt so mild
Ihr Geist mich an, die doch um mich geschieden —
Aus Liebe sich für mich geopfert hat.
O, hätt'st Du's nicht gethan, denn ach hienieden
Reift nimmermehr der Bruderliebe Saat.
O Engel Du! Für all' die große Liebe,
Für alle Opfer, die Du mir gebracht —
Schlich ich mich weg von Dir gleich einem Diebe,
Statt daß ich folgte Dir in Grabesnacht.
O, sprich noch einmal, sag', daß Du ein Schemen,
Daß Du gesendet, mich Dir nachzuzieh'n!
O, zög're nicht, das Leben mir zu nehmen,
Nur sprich es aus, daß Du dem Freund verzieh'n!

Felipa

(kaum ihrer mächtig, wirft flehende Blicke auf Gonçalvez,
der ihr zuwinkt standhaft zu bleiben; sie faßt sich und spricht
mit zitternder Stimme und leise).

Ihr sprecht zu mir, als sähet Ihr die Schwester,
Die abgeschiedene — als Geist — in mir!
Nehmt meine Hand —Ihr zaudert — drückt sie fester;
Ich lebe noch, dies Kleid ist ird'sche Zier!
Ich heiße Ines. Kanntest Du die Traute,
Die mit Hernandez einst zu Schiffe ging;

Der dann der Menschheit einen Tempel baute,
Der weit umschließen sollt' der Erde Ring.
Doch ach, die Pfeiler, die ihn stützen sollten,
Sie waren unecht in des Wesens Kern;
Darum, als dumpfe Donner um ihn grollten,
Zerbrach der Bau — und ein gefall'ner Stern,
Irrt jetzt der Funke in der Nacht der Zeiten
Und harret auf das große Himmelslicht,
Auf daß voran er kann der Flamme schreiten
Und leuchtend strahlt — verkündend das Gericht!

Hernandez
(rasch einfallend, erst leise, dann immer lauter).

Und das Gericht wird die Verräther schlagen
Und niederschmettern sie sammt ihrem Spott!
Und wieder werden wir die Steine tragen
Zum Bau des Tempels und im Licht ist Gott!
Denn Gott ist selbst das Licht und Licht bringt
Liebe!
In aller Menschen Herzen dringt sie ein!
Der Finsterniß Gewalten, sie zerstieben,
Wenn hoch die Freiheit strahlt im Glorienschein!
Und am Altar der Menschheit knien wir Beide,
Verloben uns mit reinem, ew'gem Eid.
Dann frag' ich: Joam, lebst Du, — liebst Du
mich?

Felipa
(einfallend).

Und so wie einstmals ruf ich: Ewiglich!

Hernandez
(in höchster Extase).

Du lebst — mein Joam, jetzt mein liebes Weib!
Und nimmer laß ich Dich von meiner Brust,
Für mich geopfert hast Du Seel' und Leib,
Jetzt fühl' an meinem Herzen Himmelslust!
Es irrt nicht länger der gefall'ne Stern,
Er hat den Platz im Raume schon gefunden;
Sein Dankgebet, es tönt zum Ohr des Herrn,
Es kam das Licht — die Leiden sind geschwunden.

IV. Scene.

Vorige. Infant, Juana, Tristao sind schon
längere Zeit auf der Treppe sichtbar geworden und leise
herangetreten.

Infant.

Und daß Du kannst, mein Sohn, es rein genießen
Von Haß und Scheelsucht fern, Dein neues Glück,
So zieh' mit ihr, die er (auf Tristao zeigend) dem
Tod entrissen
Nach Deutschland Dich auf läng're Zeit zurück!
Es schickt der König als Gesandten Dich
Der Krone Portugals zur Hansa hin!
Dort trifft Dich nicht der Bosheit gift'ger Stich,
Und Du bist sicher, wenn ich nicht mehr bin.
Dort magst Du wirken für Dein Vaterland,
Im Reich des Denken's, Dichtens und Gesanges,
Wo frei sich regen Herz, Gemüth, Verstand,
Magst Du entladen Dich des geist'gen Dranges.

Doch bitt' ich, theu'rer Freund, laß Dich erflehen,
Steh' fern den Neu'rern, bleib' ein guter Chrift!
Ich möchte einft Dich oben wiederfehen,
D'rum meide mit der Kirche ferner'n Zwift!

Hernandez.

Beruhigt magft Du Deine Augen fchließen,
Mein Fürft und Vater und mein treuer Freund.
Nur Freudenthränen magft Du froh vergießen,
Wenn fich mein Geift im Jenfeits mit Dir eint.
Ich lebe meinem Weibe, unf'rer Liebe,
Und lind're, wo ich kann, der Menfchheit Noth:
Und wenn mir nichts von meiner Lehre bliebe,
Als die Erinn'rung nur an ihren Tod —;
Die Perle habe ich mir doch errungen
Aus ihr, der Bruderliebe gold'ner Kron',
Und jubeln möchte ich mit taufend Zungen,
Daß mir geworden diefes Herz zum Lohn!
Sie kennt mein Sein, sie weiß mein ganzes Sehnen,
Sie denkt wie ich, sie trägt zum Bau den Stein:
Wohlauf nach Deutschland, laßt die Bruft sich
      dehnen
Dort unter Eichenlaub am grünen Rhein!
Die Freiheit feir' ich und das Licht im Liede —
Und förd're freien Sinn in jedem Stück,
Denn wo die Freiheit herrfcht, wohnt auch der
      Friede,
Und nur wo Frieden waltet, weilt das Glück!

Ende.

Ju der

Wallishausser'schen

Sammlung Deutscher Bühnenwerke

erschienen bis Dezember 1878:

1. **Das Trauerspiel des Kindes.** Schauspiel in 2 Akten, von Sigmund Schlesinger . . . . fl. 1.20
2. **Eine Jugendsünde.** Schwank in 3 Akten, von Julius Findeisen . . . . fl. 1.20
3. **Tiberius.** Tragödie in 5 Akten, von Julius Grosse. fl. 1.50
4. **Der Seelenretter.** Lustspiel in 1 Akt, von Hedwig Dohm . . . . fl. —.90
5. **Das heyß Eisen,** ein Nürnberger Fastnachtsspiel des Hans Sachs. Schwank in 1 Akt. Für die neuere Bühne eingerichtet von Rud. Genée . . fl. —.50
6. **Corfiz Ulfeldt,** der Reichshofmeister von Dänemark. Trauerspiel in 5 Akten und einem Vorspiele, von Martin Greif. 2. Aufl. . . . . . . fl. 1.80
7. **Dschingiskhan.** Lustspiel in 1 Akt, von Carl Gutzkow. fl. —.60
8. **Die Philosophie des Unbewußten.** Lustspiel in 1 Akt, von Oskar Blumenthal . . . . . fl. —.90
9. **Reine Hände.** Lustspiel in 4 Akten, von M. Oeribauer . . . . fl. 1.20
10. **Der Tanzboden.** Dramatische Kleinigkeit in 1 Akt, von Moriz Epstein . . . . fl. —.70
11. **Rose und Distel.** Schauspiel in 1 Aufzuge, von H. Schmid . . . . fl. —.80
12. **Spartakus.** Trauerspiel in 5 Aufzügen, von Franz Koppel-Ellfeld . . . . fl. 1.50
13. **Durch Champagner.** Lustspiel in 1 Akt, von Betty Young . . . . fl. —.60